문학과지성 시인선 600

시는 나를 끌고 당신에게로 간다

시의 말

문학과지성사

문학과지성 시인선 600

시는 나를 끌고 당신에게로 간다

초판 1쇄 발행 2024년 4월 3일
초판 4쇄 발행 2024년 5월 2일

지은이 이원 외 88인
펴낸이 이광호
주간 이근혜
편집 이근혜 김필균 이주이 허단 방원경 윤소진 유하은
마케팅 이가은 최지애 허황 남미리 맹정현
제작 강병석
펴낸곳 ㈜문학과지성사
등록번호 제1993-000098호
주소 04034 서울 마포구 잔다리로7길 18(서교동 377-20)
전화 02)338-7224
팩스 02)323-4180(편집) / 02)338-7221(영업)
대표메일 moonji@moonji.com
저작권 문의 copyright@moonji.com
홈페이지 www.moonji.com

ISBN 978-89-320-4270-1 03810

문학과지성 시인선 600

시는 나를 끌고 당신에게로 간다

시의 말

일러두기

* 이 책은 문학과지성 시인선 501부터 599까지 총 99편의 시집 뒤표지 글을 묶었다.
* 이 책의 제목은 허수경 시집, 『청동의 시간 감자의 시간』(문학과지성 시인선 309, 2005) 뒤표지 글에서 가져왔다.

시의 말이었다! 시가 하는 말이었다. 시인 없이 시가 하는 말이었다. 오로지 시의 말이었다. 시가 생물로 온 순간, 시가 생물로 바뀐 순간, 그곳에서 펄떡이는 말이었다. 이제야 왜 먼저 뒤표지 네모 속 문장을 읽었는지를, 그곳에 고요하게 머물게 되었는지를 알게 되었다. 시의 말은 시도 모르게, 시인은 더욱 모르게 나타나는 것이다. 읽을 때도 모르게 존재하는 것이다. 그 지점을 정확하게 포획한, 이 절묘한 배치.

— 이원, 「전위에서 사랑까지, 한국 현대 시의 희귀하고 고유한 역사」(2024)에서

시는 나를 끌고 당신에게로 간다

차례

501 | 이원 | 사랑은 탄생하라 10
502 | 장수진 | 사랑은 우르르 꿀꿀 12
503 | 이병률 | 바다는 잘 있습니다 13
504 | 김언 | 한 문장 14
505 | 최두석 | 숨살이꽃 15
506 | 황혜경 | 나는 적극적으로 과거가 된다 16
507 | 조은 | 옆 발자국 17
508 | 유희경 | 우리에게 잠시 신이었던 18
509 | 정한아 | 울프 노트 19
510 | 이수명 | 물류창고 20
511 | 강성은 | Lo-fi 21
512 | 이영광 | 끝없는 사람 22
513 | 김중식 | 울지도 못했다 23
514 | 최승호 | 방부제가 썩는 나라 24
515 | 김선재 | 목성에서의 하루 25
516 | 김명인 | 이 가지에서 저 그늘로 26
517 | 곽효환 | 너는 27
518 | 기혁 | 소피아 로렌의 시간 28
519 | 박준 | 우리가 함께 장마를 볼 수도 있겠습니다 29
520 | 이제니 | 그리하여 흘려 쓴 것들 30
521 | 류인서 | 놀이터 31
522 | 위선환 | 시작하는 빛 32
523 | 박미란 | 누가 입을 데리고 갔다 34
524 | 임지은 | 무구함과 소보로 35

525 | 송재학 | 슬프다 풀 끗헤 이슬 37
526 | 김형영 | 화살시편 38
527 | 김혜순 | 날개 환상통 39
528 | 하재연 | 우주적인 안녕 40
529 | 윤병무 | 당신은 나의 옛날을 살고
나는 당신의 훗날을 살고 41
530 | 성윤석 | 2170년 12월 23일 42
531 | 장승리 | 반과거 43
532 | 이영주 | 어떤 사랑도 기록하지 말기를 44
533 | 이설빈 | 울타리의 노래 45
534 | 김승일 | 여기까지 인용하세요 46
535 | 신해욱 | 무족영원 47
536 | 김민정 | 너의 거기는 작고 나의 여기는 커서
우리들은 헤어지는 중입니다 48
537 | 최정진 | 버스에 아는 사람이 탄 것 같다 49
538 | 조용미 | 당신의 아름다움 50
539 | 이지아 | 오트 쿠튀르 51
540 | 강혜빈 | 밤의 팔레트 53
541 | 장현 | 22: Chae Mi Hee 54
542 | 허연 | 당신은 언제 노래가 되지 55
543 | 김행숙 | 무슨 심부름을 가는 길이니 56
544 | 김유림 | 세 개 이상의 모형 57
545 | 마종기 | 천사의 탄식 58
546 | 이기성 | 동물의 자서전 59
547 | 임승유 | 나는 겨울로 왔고 너는 여름에 있었다 60
548 | 황동규 | 오늘 하루만이라도 61
549 | 신영배 | 물안경 달밤 62
550 | 안태운 | 산책하는 사람에게 63
551 | 이성미 | 다른 시간, 다른 배열 64

552 | 백은선 | 도움받는 기분 66
553 | 이민하 | 미기후 67
554 | 윤지양 | 스키드 69
555 | 김용택 | 나비가 숨은 어린나무 70
556 | 김경후 | 울려고 일어난 겁니다 71
557 | 이혜미 | 빛의 자격을 얻어 72
558 | 윤은성 | 주소를 쥐고 73
559 | 함성호 | 타지 않는 혀 74
560 | 이시영 | 나비가 돌아왔다 75
561 | 권박 | 아름답습니까 76
562 | 박지일 | 립싱크 하이웨이 77
563 | 임지은 | 때때로 캥거루 79
564 | 안미린 | 눈부신 디테일의 유령론 80
565 | 김중일 | 만약 우리의 시 속에 아침이 오지 않는다면 81
566 | 이수명 | 도시가스 82
567 | 김혜순 | 지구가 죽으면 달은 누굴 돌지? 83
568 | 황혜경 | 겨를의 미들 84
569 | 김선오 | 세트장 86
570 | 이지아 | 이렇게나 뽀송해 88
571 | 김리윤 | 투명도 혼합 공간 90
572 | 진은영 | 나는 오래된 거리처럼 너를 사랑하고 92
573 | 김기택 | 낫이라는 칼 93
574 | 정현종 | 어디선가 눈물은 발원하여 94
575 | 황인숙 | 내 삶의 예쁜 종아리 95
576 | 이우성 | 내가 이유인 것 같아서 96
577 | 박라연 | 아무것도 안 하는 애인 97
578 | 이기리 | 젖은 풍경은 잘 말리기 98
579 | 조시현 | 아이들 타임 99
580 | 김광규 | 그저께 보낸 메일 100

581 | 이자켓 | 거침없이 내성적인 101
582 | 이소호 | 홈 스위트 홈 103
583 | 이하석 | 기억의 미래 104
584 | 심지아 | 신발의 눈을 꼭 털어주세요 105
585 | 오은 | 없음의 대명사 106
586 | 최두석 | 두루미의 잠 107
587 | 강혜빈 | 미래는 허밍을 한다 108
588 | 김명인 | 오늘은 진행이 빠르다 109
589 | 김소연 | 촉진하는 밤 110
590 | 이린아 | 내 사랑을 시작한다 112
591 | 곽효환 | 소리 없이 울다 간 사람 114
592 | 성기완 | 빛과 이름 116
593 | 변혜지 | 멸망한 세계에서 살아남는 법 117
594 | 박세미 | 오늘 사회 발코니 118
595 | 김정환 | 황색예수 2 119
596 | 김이강 | 트램을 타고 120
597 | 김안 | Mazeppa 121
598 | 장수진 | 순진한 삶 122
599 | 이장욱 | 음악집 124

발문 미지를 향한 증언·강동호 126
수록 시인 소개 148
문학과지성 시인선 001~500 165

501~599 뒤표지 글

셔츠를 입은 사람과 셔츠를 입은 사람을 보고 있는 사람.

이쁘다. 마주 서서 단추를 하나하나 채워줄 때.

잘 다녀와. 어깨를 쓸어줄 때. 알맞은 길이의 셔츠 소매를 괜히 걷었다 다시 내릴 때.

재미있는 시간 보내고 와. 채워진 단추에 시선을 주며 시간을 세어볼 때. 손 아니고 소매 깃을 살짝 잡아볼 때.

그러고는. 금방 와. 구겨진 곳 없는 등을 쓰다듬으며 따라갈 때.

남겨지는 적막. 발소리. 슥슥. 슥슥. 셔츠의 팔 안쪽과 옆구리 스치는 소리.

조금만 더 보이지 않는 셔츠를 떠올리자. 보이지 않는 셔츠는 구하고 싶은 셔츠. 마음이 원하는 형상. 한 땀 한 땀 바느질로 간절함 너머까지 닿아보자. 하나의 감각기관이 박탈당하면 고도의 집중력이 생긴다. 이것은 절박한 생존이다. 한 이야기에서, 눈먼 사람은 수술실에 들어갔고 눈먼 동료들은 수술실 앞까지 일렬로 손을 잡고 걸어간다. 손은 하나가 아니어서 오른손을 잡히면 왼손을 다른 이에게 내밀었다. 본 적 없는, 볼 수 없는 이들은 침묵한다. 전력을 다해. 생각의 형상에 닿기 위해.

셔츠가 나타날 때까지 셔츠를 떠올리는 일. 셔츠를 만지는 일. 셔츠가 생겨날 때까지 셔츠를 생각하는 일.

폭우가 쏟아지는 어느 날 오후, 은주는 집을 나선다. 돼지 한 마리가 망가진 괘종시계에 갇혀 파도에 끌려간다. 찰스는 손톱을 깎고, 제니는 파고다공원 근처 술집에서 차분히 오늘의 쇼를 준비한다. 티브이는 최근 한 달 동안 수십 명의 노인이 뛰어내려 자살한 주공아파트의 사연과 연극인들의 노숙 현장, 빰 속에서 쥐가 발견된 소녀, 오늘 아침 우박처럼 쏟아져 내린 부리 없는 새들의 소식을 전한다. 한편 핀란드의 가장 아름다운 숲은 거대한 모닥불이 되어 지상의 모든 얼간이를 불러 모은다. 그들은 사랑하고 먹고 마시며 불 속에서 영원히 늙어가는데……
6백 년 후, 은주가 도착한다. 그들 중 가장 침울한 얼간이가 식탁 위로 올라가 천둥처럼 외친다.

드디어 혜영이가 왔다!

우리는 안 괜찮으면서 괜찮다고 말합니다. 당신은 혼자를 핑계로 혼자만이 늘릴 수 있는 힘에 대해 모른 척합니다. 누구든 한쪽으로 치우칠 수 있겠지만 당신만은, 방에서 나와 더 절망하기를 바랍니다.

오래 전하지 못한 안부를 전합니다.
바다는 잘 있습니다.

책머리에 당신이 있다. 말머리에도 당신이 있고 나는 꼬리표를 뗐다. 얼마나 기다려야 도착하는가. 말 한마디의 이동은 머리끝부터 발끝까지 다 바꾸는 일일 텐데, 얼마나 움직여야 당신이 도착하는가. 당신에게 도착한 날부터 그걸 헤아리느라 책을 덮지 못하고 있다. 말을 떼지도 못하고 있다. 문이 열리고 닫히기를 몇 번이고 거듭한 후에야 당신이 들어왔다. 나는 잠에서 깼다. 긴 잠이 아니면 짧은 잠이라도 하룻밤이 다 소요되는 당신의 방문. 당신의 도착. 당신의 기척. 당신의 웃음. 당신의 있음과 그리고 없음. 있다가 없는 것이 아니라 영원히 없음. 영원히 없으므로 발견되지 않는 책에서 처음으로 당신이 시작한 말도 그래서 없음이다. 영원히 함께하는 말.

술배소리는 가거도 어부들의 멸치 잡는 소리이다. 그 가사 중에 "멜치야 갈치야 날 살려라/에야 술배야//너는 죽고 나는 살자/에야 술배야"가 있다. 이 민요를 처음 듣는 순간 내 몸과 마음이 함께 떨려왔다. 동물이건 식물이건 다른 생명의 몸을 취해야 사는, 먹고사는 일의 엄연함에 새삼 전율하였다. 원래는 어부의 생업인 멸치나 갈치를 잡는 일에서 위의 민요 가사가 나왔겠으나, 소리를 듣는 순간 나는 모든 먹거리로 확대시켜 해석하게 된 것이다.

요즘도 밥상머리에 앉으면 술배소리가 환청처럼 들릴 때가 있다. '너는 죽고 나는 살자'는 소리를 들으며 멸치볶음을 씹으면 소화가 되느냐고 묻는 이 있겠으나 이러한 상황에서 나는 음식 맛에 더 집중하게 된다. 무심코 습관적으로 하는 식사에서 벗어나 돼지고기 한 점, 상추 한 잎, 마늘 한 조각 등의 맛을 각별하게 음미하게 된다. 그러면서 다시 올 수 없고 언제 마지막이 될지 모르는 나날의 삶을 더욱더 절실하게 살아야겠다고 다짐하곤 한다.

"다음에 이다음에" 이 말이 계속 막연해지는 것이다.
향해 간다는 것은 무엇일까.

먼저 산 사람을 생각한다.
먼저 운 사람을 사랑한다.
먼저 간 이름을 불러본다.

어떤 시간이 완전한 과거가 되는 때는 언제인가. 가면 온다. 오면 간다. 나의 오늘은 죽은 시인들을 적어보는 반복의 날들 같구나. 이제라도 내가 살아보고 싶은데 여전히 시가 나를 살고 있다.

그러나 이제 "다음에 이다음에" 그다음 말을 시작하려 한다.
"어떻게 어떻게든"
향할 것이다.
—
"아까 죽인 소녀를 잊고 싶은데 자꾸 생각나요."
"잊으면 안 돼. 그 소녀를 잊으면 안 돼. 네가 빼앗은 생명을 잊지 마."

[영화 「The Rover」(2015)]

잃어버리면 절대로 돌아오지 않는 것들이 있다.
사람을 빈 자루로 만드는 것들이 있다.

그걸 알고 초조해하는 자신을
바라보는 자가 있다.

알고 있었니 하고 물으면
누가 그러면,
몰랐다 대답하고 싶어진다.
그러고 나면
요란하게 닫힌 문의 안쪽처럼
정말 모르는 일이 되는 세계
모르는 세계의 힘없는 규범

지금 나는
뒤늦게 알아버린 사람처럼
후회를 뒤적거리는 중이다.
실은 몰랐으면서.
아무것도 몰랐으면서.
몰랐다고 대답하고 싶어 하면서.

오늘은 천사 같은 아이들에게
장난감을 한 개만 사 주었다.
싸우지 말고 사이좋게 지내라고.

우리에게 잠시 신이었던
오늘 정오의 일이다.

유대인들의 죄책감 때문에 예수는 부활하지 않으면 안 되었던 것 같다.

대화는 건물 밖에서 해주시기 바랍니다

정숙이라 씌어져 있었고
그래도 한동안 우리는 웅성거렸는데
이쪽 끝에서 저쪽 끝까지 소란하기만 했는데

창고를 빠져나가기 전에 정숙을 떠올리고
누군가 입을 다물기 시작한다
누군가 그것을 따라 하기 시작한다
그리하여 조금씩 잠잠해지다가
계속 계속 더 잠잠해지다가
이윽고 우리는 어느 순간 완전히 잠잠해질 수 있었다

작년에는 남자였다가
올해부터 여자가 된 사람
어제는 노인이었는데
오늘은 아기가 된 사람

작년에는 동물이었다가
올해부터 식물이 된 사람
어제까진 지구인이었는데
오늘은 외계인이라는 걸 알게 되고

겨울이면 얼고
봄이면 녹는

불 없이 타오르고
물 없이 익사하는 사람

많은 창문을 가진 사람 바람 부는 밤 덜컹이는 덧문들을 그는 어떻게 잠재울까 모르는 길들이 대추 잎사귀처럼 반짝거리며 나타났다 「암모니아 애비뉴」를 들으며 다시는 돌아올 수 없는 곳으로 간 아이를 생각했다

신음은 분절되지 않아 뜻을 알 수 없는 말이지만, 신음보다 인간의 고통을 더 잘 전해주는 말을 들어본 적 없다. 그래서 시에는 이해를 넘어서는 이해나 이해에 앞서는 소통이 있음을 믿게 된다. 신음의 뿌리에는 침묵이 고여 있다. 침묵을 들을 수 있을까. 들을 수 있다. 완전한 침묵이란 어디에도 없기 때문이다. 침묵은 마모되어 벗겨져 나간 뭇소리들의 음원(音原)이다. 엔지니어가 깨진 파일을 복원하듯 시는, 침묵이 바로 침묵이 될 수밖에 없어 걸었던 상처의 길을 더듬으며, 고통이 남긴 메아리를 찾아 어디든 나아간다. 그것은 상한 인간, 상한 현실의 실어증을 방해하고 교란하는 무명(無明)의 언어들을 듣는 일, 그러니까 침묵의 불완전성에 귀 기울이는 일이다. 비참의 탄식에 눌려 말문이 막힌 곳은 늘 새말이 태어나지 않으면 안 되는 자리다. 시는 침묵의 미궁에 빠진 영혼이 어쩔 수 없어 타전하는 모든 종류의 기척과 신호를, 믿음이라곤 모르는 믿음으로 처음 믿으려 한다. 침묵은 기도처럼, 소리로 되어 있다.

인공지능이 신의 영역에 도전하고 있다. 나는 인간의 영역에 재도전하련다. 첫 시집이 고난받는 삶의 형식이었다면, 이번 시집은 인간의 위엄을 기록하는 영혼의 형식이다. 제3시집은 누가 쓰더라도 인류의 미래 비전이 될 것이다. 그래서 자꾸 뒤돌아보았던 것일까. 최후의 인간이던 시인이 미래의 인류를 대표하리라.

사막을 횡단하는 고래, 태평양을 건너는 낙타. 젊은 시절에 나를 숨 쉬게 해준 이미지들이 아직도 내 삶 속으로 걸어 들어오고 있다. 짠맛 없는 바다가 없듯이 고통을 피할 수 있는 삶은 없다. 사람이 바뀌지 않는 한, 다른 세상은 없다. 좀더 나은 사람을 향하여 갈 뿐이다. 세상은 딱 그만큼 달라질 것이라고 믿는다.

울지도 못했다 | 김중식 | 문학과지성 시인선 513

그동안 시는 나의 돛이자 덫이었다. 시가 부풀어 나를 설레게 했고 사해를 항해하게 했으며 닻 내릴 곳은 어디에도 없다는 것을, 그리하여 어디에도 머물지 않는 글쓰기가 가능하도록 일깨워주었다. 그러나 때로 시는 나를 괴롭혔다. 버리기 싫은 덫처럼 말이다.

—「시작 노트」

방부제가 썩는 나라 | 최승호 | 문학과지성 시인선 514

숲이 흔들리면 바람이 된다
바람이 된 숲으로 들어가면
낯선 바람 없이도
기다릴 줄 알게 된다

아무것도
아무려나
어떻게든

나무를 열고 들어간다

열어둔다

윤곽이 부서진 목관을 건져냈을 때
잠수부는 두께가 어림되지 않는 펄 속이라 했다
주검을 담았다 해도 수압이 눌러버리면
형해는 먼지처럼 흩어졌을 테지만
염려를 다해 크레인이 끌어 올린 목관은
조석으로 파고든 내외의 침탈을 조각으로 견뎌온 듯

비유를 머금은 것이지만 형상을 잃기까지
사물은 얼마나 오래 인내하는 것일까?
바다로 나간 목관이 개펄 속에 파묻혀
수백 년을 버텨낼 동안
함께 난파당했던 주검은 어디를 떠돌고 있었을까?
다만 잔해들이 바다 밑에서 건져졌고
둘러선 시간은 볼모 같았다는 것

여기 흐릿한 유구가 있다, 언제 마련됐을까
가늠이 안 되는 널판자 몇 쪽
개펄이 보관했지만
깨진 질그릇처럼 용도를 다한!

여름

커다란 머리핀으로
긴 머리를 틀어 올렸다

딸아이 민경이가 초등학교 저학년 때 쓴 시다.

나는 가끔 어린아이가 쓴 이 한 줄을 읽으며 시를 생각한다.

새롭고 선명한 이미지, 참신한 비유, 간결하고 명징한 언어, 그리고 맑고 투명한 정신.

너는 | 곽효환 | 문학과지성 시인선 517

처음 詩를 쓰던 날, 누군가 먼저 불러주기를 나는 얼마나 고대했던가. 있지도 않은 약도를 진실과 진리의 별자리 옆으로 슬며시 내려놓으며, 얼마나 구차하게 두근거렸던가. I am calling you. Can't you hear me? I am calling you. 어렵사리 구한 중고 엘피판을 틀지 못하고 만지작거린다. 사막의 기록이 몇 개의 미라와 함께 부스럭거렸다. 모래폭풍을 헤집고 다녀간 여급의 발자국이 보인다면, 아직 이 음악을 들을 수 없다. 문 닫힌 바그다드 카페, 낡은 테이블에 흐트러진 몇 권의 시집을 떠올린다. 죽거나 죽어가는 시인들은 어떻게 침묵에서 형식을 상연할 수 있었던 것일까. 형식에서 의미를 떠올린다는 건 얼마나 고요한 일일까. 무대 밖 현실은 늘 습작 같았지만, 요란스러운 감상도 이유 없는 비판도 내게는 초연이었다. 마시다만 커피가 말라 찻잔의 우주가 되듯이, 쓰다 만 詩가 마침내 詩가 되는 문학적 아이러니. 누군가 말 못 할 낭만이라 비웃는다 해도 그것의 근원은 아슬아슬하게 사랑스럽다. I am calling you. Can't you hear me? I am calling you. 라스베이거스의 찢어진 습작 속에 두고 왔던 건 외로움이 아니라 음악을 대신할 당신의 육성이었다.

—「당신이 날 불러주기 전에」에서

소피아 로렌의 시간 | 기혁 | 문학과지성 시인선 518

흘려보낸 날들의 뒷모습을 봅니다. 사람의 기대 같은 것으로. 뒤늦음으로. 풀 죽은 미움 같은 것으로. 입을 동그랗게 모으고 앉아서. 마음 높이 거짓을 생각하면서.

부서지며 사라지는 윤슬을 하염없이 바라볼 때처럼. 눈멀어가는 마음으로 무한의 한가운데 놓여 있음을 자각하게 될 때. 그렇게 순간의 빛으로 현현하는 죽음의 한순간 속에서. 누군가의 울음인 듯 내 속에서 들려오는 어떤 목소리들이 있어. 무한의 표면을 만질 수 있다면 그 목소리와 목소리의 질감으로 가만가만히 펼쳐지겠지.

버스를 기다리며 정류장과 이웃한 화원을 기웃거리는 중입니다. 고무 화분에 장미목 장미과의 사과나무가 살고 있습니다. 가시를 버리지 않은 야생의 근친들도 보입니다.

이 행성에 발 딛고 있는 장미의 오늘을 듣습니다. 장미는 사과의 덜 닫힌 기억 같기도, 시큼한 얼룩 같기도 합니다. 그림자를 버려야겠다고 사과와 장미의 접경지로 순례인지 도망인지를 간 친구가 있습니다.

사과를 먹습니다. 꽃받침이 자라서 된 헛열매를 먹습니다. 자신의 임무를 수정한 다른 장미의 기록을 사과라고 쓰겠습니다.

사물은 낱이고 자체(自體)다. 그러므로 나는 시문에서 사물을 비유로, 상징으로, 다만 부가치(附加値)로 드러내는 말을 쓰지 않는다. 그러함에도 비유하는 말로, 상징하는 말로, 다만 부가치로 드러내는 말로 되새기는 언습을 경계한다.

언어는 사물을 드러낸다. 사물을 드러내는 언어와 언어가 드러내는 사물은 하나다. 언어는 사물이다.

사물과 하나로서 언어는 '온갖'이며 '모든'이다. 예로서 상상, 가상, 허상, 환상, 예상, 추상, 관념, 토씨가 그렇다. 나는 관념이나 관념어를, 혹은 비구상이나 비구상어를, 또는 기성 문법과 다른 문법이나 구문을 거부하는 태도를 거부한다.

그러하게 언어는 '온갖'이며 '모든'을 드러내는 능력이다. 그러해서 언어는 '온갖'이며 '모든'으로 드러나는 자유다.

사물은 있고 움직이고 변화한다. 사물이 그 능력을 잃고 그래서 언어가 틀에 박힌 때에, 정직(正直)한 언어는 반드시 사물이 있고 움직이고 변화하도록 변혁하고, 또는 전복한다.

언어의, 그 능력과 그 자유와 그 정직이 시를 확장하고 심화하는 가능성이다. 언어의 이 가능성이 나에게는 '서정적 전위성을 확보한, 사유가 있는 큰 시'를 가늠하게 한다.

시작하는 빛 | 위선환 | 문학과지성 시인선 522

그러니까 당신은 떠나가야 한다.

최소한으로 버티려 했던 그 힘마저 무너지고 들키지 않으려는 듯 나무 의자에 소리 없이 앉아 있었다. 이제 나를 힘들게 하지 말아야 한다. 더 이상 당신의 이름으로 끌고 다니지 말아야 한다.

설핏 잠이 들었다.

눈이 내렸어.
몇 년 만의 폭설이 내렸어.
나무도, 빈집도, 오랫동안 떠나지 못한 눈빛도 눈 속에 묻혔어.

아무리 캄캄해도 당신은 변하지 않았다. 무수히 많은 어둠을 흔들며 처음부터 그 자리에 있었다. 틈새로 들어오는 파르스름한 빛을 감싸 안았다. 차고 딱딱했지만 이상하게 편안했다. 짧고 깊은 휴식이었다.

그러나 모든 날이 그렇지는 않았다.

선생님은 지은이를 기억합니다
나는 지은이가 아니지만, 지은이일 수도 있습니다
얼굴 속에 얼굴을 넣고 다녔습니다

쉬는 시간에 아이들은 매점엘 갑니다
나는 지은이를 들키고 싶지 않아 책상에 엎드려 자는 척을 합니다

눈을 뜨자 저녁이 차려지는 소리가 들립니다
엄마를 놀라게 하고 싶지 않아 지은이를 지우고 다른 얼굴을 답니다

콩자반을 집어 먹으며 내가 몇 개인지 셉니다
끝까지 세기 어려워 다시 처음부터 셌을 뿐인데 무한히 늘어난 검은 눈동자들이 나를 쳐다봅니다

욕실로 달려가 비누로 얼굴을 문지릅니다
표정은 자꾸 손끝에서 미끄러지고 나는 나를 몇 번이나 놓칠 뻔했지만 얼굴들을 잘 씻어 서랍 안에 넣어둡니다

수건처럼 개켜진 옆면들, 내가 너인 순간들
함부로 뒤집어 벗어놓은 이 얼굴들을 뭐라고 불러야 할까요?

베란다에 가보면 엄마가 내일 사용해야 할 얼굴들을 빨랫줄에 널어두었습니다

한 편의 놀라운 시는, 통점이 맺히는 시는, 다가올 때, 입말과 글말로 동시에, 전율의 육체로 온다. 시가 육체(그건 사물의 육체이면서 내 몸까지이다)를 획득하는 경우이다. 내 육신의 한 지점을 바늘이 통과하는 것, 또는 가슴에 막막한 통점이 번지는 것은 방금 경험한 시의 몸이 내 몸의 어떤 부분/기억과 일치하기 때문이다. 그것이 더듬더듬 말이나 글이 되려면 시간과 공간의 물질세계가 더 필요하다.

정말 못 당하겠네
밤을 낮이라 하고
낮을 밤이라 우기는 놈들

올빼미 너냐?
아니면
너 말고
또
누구냐?

나냐?

—「올빼미」

화살시편 | 김형영 | 문학과지성 시인선 526

이번엔 시가 나를 '새하게' 했다.
그런 다음 나를 날지 못하게 하고, 날개를 꺾었다.

그러므로 이 시집은 책은 아니지만
새하는 순서.
그 순서의 기록.

눈은 차갑게만 내린다.
밤이 깜깜하기만 한 것처럼.
그것이 세계의 무의미이자 의미.

눈송이를 녹이는 너의 손바닥
밤사이로 스며드는 한 줄기 빛.

당신이 내 이름을 부르고 나와 단 한 번 마주치고
문 뒤로 사라져간 것처럼.

등고선마다 고인 피들은 내가 모르는 지도를 그리기 위해
한 방향을 갖는다.
나는 빙하의 바다 위에 떨어지는 한 눈송이와 같이 희박해진다.

몸소 갇혔던 시의 집을 나선다. 그동안 밤이 열리고 문이 닫히고, 닻을 내린 채 달이 출렁였다. 날마다 달은 잠겼다 떠올랐다 기울었다 침잠했다. 염주나 묵주 매듭을 엄지로 집듯, 마모된 달이 매일 한 칸씩 밤을 감았다. 닻의 사슬은 길겠지만, 결국 둘 중 하나일 테다. 녹슬어 끊어지거나, 끝까지 감아올려지거나.

당신은 나의 옛날을 살고 나는 당신의 훗날을 살고

윤병무 | 문학과지성 시인선 529

사립문 열어 깃발이 없어 바람을 단다

2170년 12월 23일 | 성윤석 | 문학과지성 시인선 530

새소리로 해 뜰 무렵과 해 질 무렵을 구별하고 싶은 적이 있었다.

너무나 아름다운 빛을 내는 저 별에는 독가스가 가득하고 황산비가 내리지. 그 말을 듣고 영화의 주인공은 말한다. 바로 저거야! 저걸 들여다봐야겠어! 때로 전혀 다른 방식으로 반복 재생되는 장면이 있다. 새장에서 태어나는 새도 날개가 있다. 새장 문은 열리지 않는다. 친구는 자신의 바다에 썰물이 없다고 썼다. 빠져나가고 싶어 하던 그 친구는 노르웨이로 갔다고 한다. 그때, 나는 그 책을 왜 껴안고 있었을까. 그런 방식으로 시간이 쪼개졌다. 아름다운 괴물도 그렇게 지나갔다.

이 시집에는 다음 단어들이 열 번 이상 쓰였다.

나, 눈, 너, 물, 빛, 발, 소리, 있다, 나의, 뒤, 없는, 불, 속에, 방, 하나, 있었다, 손, 머리, 없이, 밤, 새, 한다, 의자, 밖, 작은, 숲, 길, 다시, 끝, 내려, 했다, 우리, 몸, 털, 처럼, 돌아, 첫, 가을, 시작, 지붕, 다리, 간다, 입술, 기억, 바닥, 검은, 집, 앞, 쪽, 사람, 그림자, 벽, 아래, 꿈, 같은, 너의, 혀, 빈, 잠, 위로, 빗방울, 얼굴, 그리고, 아직, 하나의, 화분, 말했다, 코, 생각, 한 번, 않는, 창문, 위에, 낮, 덩이, 때까지, 어디, 별, 떼, 끌어, 여기, 언덕, 베개, 아무, 흰, 이마, 동안, 누군가, 구두, 안에, 처음, 귀, 뒤집어, 그러나, 또, 다른, 그늘, 필요, 모든, 커튼, 넘어, 나무, 펜스, 겨울, 옷, 이었다, 하지만, 그의, 가장, 커다란, 문, 노을, 눈빛, 이제, 달, 혼자, 앉아, 어떻게, 그래, 동그라미, 구름, 잎, 목소리

울타리의 노래 | 이설빈 | 문학과지성 시인선 533

더 많은 독자들이 읽어야 할 놀라운 작품.

이 책의 결말은 걸작 중에서도 걸작이다.

나는 눈물을 펑펑 쏟으며 울었다.

어떤 책을 평하는 데 있어 완벽하다는 표현을 쓰는 일은 거의 없지만 이 책은 완벽하다는 말 외에는 표현할 수 없다.

내가 정말 사랑하는 작품이며, 정말로 감동적이다.

완벽한 작은 보석과 같은 작품.

아름답다.

ㅏ리 에메랄드 네덜란드 열대요란 광대버섯 네 글자로 이루어진 고독의 무한한 목록 뭉게구름 허무맹랑 돋을새김 삼강썸머 강아지

삿갓조개 맨드라미 아스피린 지나갔다 몽고메리 물병자리 가로무늬 아네모네 가까스로 동그라미 모눈종이 침사추이 두루마리 바

ㅏ스카라 파우스트 스크래치 모데라토 차이밍량 동그라미 모눈종이 미리보기 잠자리테 립반

화두는 곡두.

그러나 사랑은 나에게 언어를 주었다.

너의 거기는 작고 나의 여기는 커서 우리들은 헤어지는 중입니다

김민정 | 문학과지성 시인선 536

쌓이지 않을 만큼 내리는 눈을 쓸고 있다

지극하게 아름다운 것들과 마주치게 될 때의 감정은 늘 알 수 없는 어떤 슬픔이었다. 무질서를 지향하는 그 세계의 심연으로 나는 한쪽 발을 빠뜨리고 있다. 건강한 슬픔은 사람을 괴롭히지 않고 아름답게 한다. 나는 당신에게 그런 슬픔을 안겨주고 싶다.

이 세계의 비실재성을 어떻게 극복해야 할 것인가. 마음을 오직 현재에 두어야 할 것. 지금 이 순간에 투철할 것. 삶에 더욱 집중할 것.

내가 보여주는 것만 볼 수 있는 거울 안의 세계, 그 바깥에서 시는 활개 치고 다닌다. 낯설고 힘이 넘치는 미끌미끌한 그 언어들을 포획하러 다니자. 구경하러 다니자.

시인은 항상 미학적 자기 갱신에 의해 다시 태어나는 자이다. 언어가 달라져야 세계가 달라진다. 언어가 변화해야 세계를 변화시킬 수 있다.

하염없이 그것은 사고 같은 것이기도 하다. 경이로운 아침과 저녁은 이웃 나라 귀족의 신분이기도 하지. 어릴 적 나는 하얀 야생마의 눈망울을 보다가 280년의 세월을 보내고 몇 번의 전쟁과 혁명을 바꿔야 했지만 그런 것들은 그저 형식일 뿐이라고 생각했다. 가족이 죽고 가장 사랑하는 이를 잃고 천 년이 흘렀을 때, 나는 내 눈알을 빼고 에스파냐인들이 잡아다 준 '다프아'라는 물고기를 끼워 넣었다. 눈 속의 좁은 공간 속에서 물고기는 그대로 굳었고 그때부터 나의 성에 마음이 펄럭이는 자들이 드나드는 것을 알게 되었다. 봄이 되고 크리스토프 백작은 그들을 위해 최고의 음악가를 선별했다. 연주자들에게 누가 더 특별하게 음악을 분석할 수 있는지 처벌과 처우의 방법을 물어보곤 했다.

"나태는 나비입니까."

"순순히 방해입니까."

대부분 모호한 빌트족이던 음악가들은 웅얼거리다 몇 년을 보냈고, 하인들이 만들어준 붓꽃수프와 새들의 피를 마시고 호흡을 안정시켰다. 어느 날, 후세는 에피소드와 이론을 병행하며 연설했고, 전사들의 천국을 염려했으며, 피지배 국가는 훗날 협력 국가로 남기를 바란다는 영토의 신화를 믿었다. 지도자의 형식적 내용이란, 근본적으로 극적 설정을 취하나 경건하고 무심한 법으로 질서의 백 가지 내장을 동시에 나타냄으로써 미묘한 인간의 영역을 볼 수 있는 즐거움과 질김. JIA는 그곳에 결박되었다.

나는 지나칠 수 없는 색깔

입 밖으로 뱉으면 썩기 시작하는 약속

모래밭에 이름을 적다가 부러진 나뭇가지

두 손을 모으지 않고도 빌 수 있는 기도

광장 한가운데 분수처럼 솟아오르는 입맞춤

새들의 농담에도 웃지 않는 신호등

뒷걸음질 치다 밟은 햇빛의 발

페인트칠이 덜 마른 기침

눈 마주칠 때마다 멈춰 서는 시계

해가 뜰 때까지 천천히 젓는 호박죽

누군가 기다리는 13월의 생일

밤의 팔레트 | 강혜빈 | 문학과지성 시인선 540

Eun Joo: You might regret this moment. Keep in mind.

비가 자주 내렸다.

창밖 사철나무에는 직박구리가 아침마다 와서 울다 갔고, 기쁨과 슬픔은 나도 모르게 자리를 바꾸어 앉았다. 멀리서 무개화차가 지나가는 소리가 들렸고, 나는 신생아처럼 누워 아주 긴 음악을 듣고 있었다.

제외된 자들의 눈부심을 알았다.

절창은 제외된 자들의 몫이라 생각했다.

어느 날 아이는 첫 심부름을 떠나게 된다.
문밖으로 나오자
바람이 불었고 모자가 저만치 날아갔다.
들려줄 이야기가 생겼다.

집은 떠나기 위해 있는 거야.
그 후로

길은 무릎처럼 일어서기도
신기루처럼 무너지기도 했다.
어디서 나타났을까?
길들이 칼을 들고 턱까지 밀어닥치기도 했다.
그럴 때면 턱을 약간 치켜들어야 했다.
오늘은 길에서 도망가지 않는 이상한 쥐를 보았다고
당신이 말했다.

이야기가 그릇이라면 깨진 이야기가 있었다.
당신도 피를 흘렸을 것이다.

제가 생각할 때 저의 시에서는 시간을 건너뛰거나 시간을 끌어오는 것이 중요하고, 장면이 중요하고, 사람이 중요하고, 사람들이 중요하고, 기억이 중요하지만 또 지금이 중요합니다. 그리고 이것들을 한데 모아 집어삼키는 책이라는 존재가 중요합니다. 선형적인 시간의 경험을 제공한다고 여겨지는 책이라는 존재가 이것들을 데리고 갑니다. 그러나 사람들은 사라지고 사람들은 꿈꾸고 사람들은 사라지지만 사라지지 않았고 그렇지만 사라져서 어디엔가는 반드시 공백이나 간격이 있다는 것. 장면과 사람과 책이 중요합니다. 시간과 공간이, 선별된 아름다움이 중요합니다. 이전의 것과 지금의 것은 결코 이어질 수 없지만 하나의 장면을 통해 이어질 장면을 마련하는 것처럼도 보입니다.

어째서 아름다운 기억은 선별되는가. 그리고 그대로 둘 것인가. 그대로 둘 것인가. 그대로를 둘러싼 긴장은 점점 커져서 아예 사라져버린 것 같기도 합니다. 그 긴장에서 등 돌리고 멀어지는 또 다른 아름다움의 거대한 무게를 가로지르며 저는 거리를 걷고 나무를 좋아합니다.

내가 본 골목의 오리를 다른 사람도 본다는 사실에 부드러운 충격을 받습니다.

세 개 이상의 모형 | 김유림 | 문학과지성 시인선 544

시는 사랑의 한 표현 방법이고 체온 나눔이고 생환 훈련에서 살아남기 위한 방편이다. 적어도 나는 그렇게 믿고 한세상 시를 사랑하며 살았다. 시의 목표가 사랑이 아니라면 그런 시는 내게 필요 없는 존재다. 왜냐면 세상은 보기보다 잔인하고 외롭고 힘들기 때문이다. 시는 삭막한 세상에서 상처 치유의 도구가 되어야 한다. 아마도 내 직업이 의사였던 때문일까. 내 관심사는 언제나 삶과 죽음, 고통과 희생과 보살핌이었다. 나머지는 모두 내게는 제스처이고 껍데기고 믿을 것이 못 되는 것들이었다.

의사였을 때는 보이는 것을 자세히 그리고 정확하게 보는 것이 중요했고 들리는 소리를 확실하고 분별 있게 듣는 것이 필수였다. 그런데 내가 시를 쓰는 이유는, 보이지 않는 것도 보고 싶어서이고 들리지 않는 소리도 듣고 싶어서이다. 보이지 않는 것을 보려고 시도하지 않는 시인이라면 시인의 감수성이나 상상력이란 것이 어디에 무슨 소용이 있으랴.

오랫동안 1970년에 대해서 생각했다. 그리고 그것을 쓴다.

기술·가정 샘이 짐 정리를 하다가

샘 이거 가지실래요?

손에 들어 보인 건 언젠가 내가 예쁘다고 했던 실습용 가방 견본이다. 3백 명이 넘는 아이들이 똑같은 크기의 가방에 수를 놓던 때도 있었는데 지금은 다 어디로 가고

나 혼자 들고 다닌다.

살면서 힘들었던 일들, 특히 이즈음 몸이 속을 바꾸며 도드라지게 드러나는 일들을 시로 변형시켜 가지고 가고 싶다. 가지고 가다니, 어디로? 그런 생각은 지난날의 욕심이 아닌가? 그래? 그렇다면 못 가지고 가는 시를 쓰자.

안녕.
이 말을 어디엔가 쓰고 싶었다.
물구두를 쓰듯이.
안녕.
이 말은 처음의 말이기도 하고 끝의 말이기도 하고.
물구두처럼.
안녕.
만나거나 헤어질 때.
눈을 뜨거나 감을 때.
물구두.
안녕.
이곳의 나에게.
당신에게.

산책하면서
나는 내 기쁨의 얼굴을 하고 있었다
나는 내 슬픔의 얼굴을 하고 있었다

산책하면서
나는 내 꿈의 얼굴을 하고 있었다
나는 내 상념의 얼굴을 하고 있었다

산책하면서
나는 내 그리움의 얼굴을 하고 있었다
멀리서 들여다보고 있었다

2016년 10월, 내 마음속에서 시가 죽은 달이다.

시를 쓸 때의 마음이란 신비를 알고 싶고 그것을 두려워하며 선한 방향으로 가고자 하는 작은 의지 같은 거라고 생각했다. 누구나 시를 쓸 때의 마음 같은 하얗고 보드라운 한 조각을 내면에 갖고 있으며, 시인도 시인이 아닌 사람도 시를 쓸 때는 그런 마음이 된다고 믿었다. 내가 살아가는 일에 있어서도 그 하얗고 여리고 작은 조각이 여러 조각이 되고 더 많은 조각이 되어갈 거라고 믿고 다짐하곤 했다. 그것이 그때 죽었다.

나의 시도 거기서 멈췄다. 멈춘 자리에서 지극히 산문적인 시간이 시작되었다. 멈출 수 없어서 계속 움직였다. 멈춘다는 것은 되돌아가는 것이다…… 그러다가 소파에 앉아서 창밖의 산과 들판을 보는 시간이 온다. 물컵이 넘친 것처럼 슬픔이 쏟아진다.

움직이는 사람은 두려움 속에서 움직인다. 움직임의 동선은 단순해 보이겠지만, 복잡한 질문들을 품고 슬픔의 임계점을 넘나들며 움직인다. 움직이는 사람들 옆에서 움직이다 보면, 우리가 문학이라고 부른 것들이 아주 작은 세계로 보였다. 우리는 그 작은 세계를 세상의 중심에 놓고 인간보다 높이 두었다. 인간을 앞서는 예술, 그 세계는 끝났다.

작은 세계를 작은 세계로서 사랑하는 사람들이 온다.

누군가 문을 두드리다 간 밤에는 다시 잠들지 못했다. 심장을 움켜쥔 주먹을 풀 수 없었다. 이제 나의 섬은 영원에 대한 질문이자 어긋남을 위한 형식이 되었다. 두들기는 소리, 소리는 혈관을 타고 온몸을 돌며 끝없이 메아리친다. 마주한 곳에는 돌아선 등이 가득했고 감을 수 없는 눈은 전부 목격하는 수밖에 없었다. 섬은 기다리다 지쳐 주머니 속 돌을 꺼내 바닥에 내던져버렸다. 가장 아름다운 것이라 믿었던 것을.

처음 제목은 '새의 심장을 지닌 개의 노래를 듣는 밤'이었다. 묶었다 풀었다 시집을 목줄처럼 쥐고 2년여를 끄는 동안,

떨어져서 걸었다. 떨어져서 앉았다. 떨어져서 먹었다. 떨어져서 읽었다. 떨어져서 만났다. 떨어져서 헤어졌다. 떨어져서 잤다. 떨어져서 꿈꿨다. 떨어져서 있었다. 떨어져서 없었다.

한 사람과 한 사람, 아픈 사람들이 문득 떠올랐는데 얼굴이 닮아 있었다. 같은 질환이나 증상을 앓으면서 공유하게 되는 표정이 있다. 이방인들의 표정과 소수집단의 표정이 있고, 가까이서 보면 생전의 병력에 따라 시체들의 표정도 다르다. 그런 고유함. 그런 다양함. 이 사람이 저기 가면 저 사람이 된다. 그런 얽힘들. 그런 겹침들.

죽을 때까지 쓰는 일이 어떻게 가능한가? 그걸 알아버렸다. 내가 누워 있던 내내 나와 조금씩 닮은 그들이 내 의자에 앉아 연필을 깎았다. 심지어 내가 죽었던 날에도 멈추지 않았다.

사각사각사각사각사각사각사각사각사각사각사각사각사각사각.

살이 깎이는 소리인 줄 알았는데 몸속에서 연필심이 삐져나오고 있었다. 나는 일 센티씩 밖으로 나왔다. 말더듬이처럼 아홉 계절을 기어서 나왔다. 그물코 같은 마음들이 끌어주었다. 다 갚을 수 있을까. 이 시집은 그러므로 일

센티의 속도, 일 센티의 사랑. 세계적인 우울과 각자의 기후 속에서,

떨어져서

어

져

서

나의 뒷모습은 상상하기조차 어렵다. 등을 볼 수 있는 것은 오로지 타인뿐이므로. 누구더러 부탁해서 대신 말해달라고 해야 하나. 하지만 내 등이 목격담처럼 둥둥 떠다니는 것은 더욱 터무니없다.

분명한 것은 여기에 있다.

이튿날이 없는 이별이, 시다
말해 무엇하리
나의 고요는 살아 있다
말들아 뛰어다녀라
나는 정지에서 풀려났다

서리 덮인 유리창에

오늘은 봄날 하고도 하루 더,라고 씁니다

우리가 발명한 시간에게로

이곳에서 어느덧 꽤 오랜 시간을. 겨울들을. 우리가 마주한 얼굴과. 이유를 알 수 없이 호흡의 간격을 기억해두게 되는. 하지만 결국은 모르게 될 것인. 그럼에도 결코 내가 너를 아주 모르는 것도 아니라서. 내가 아는 만큼의 너를 조금은 아는 체할 수 있다면 그것만은 우리가 아주 먼 미래에도 떠올리며 서로를 조심스레 불러볼 수도 있는 근거들이 될 거라고.

종결 없는 의미를.
끝나지 않을
일단락을.

놓친 버스의
배차 간격을 가늠하며
긴 도로를 걷고 있는
작은 두
사람을.

시는 쓰임새를 모르는 창을 발견하는 것과 같다. 옛집을 살필 때면 간혹 쓰임새를 모르는 창을 만날 때가 있다. 우리가 그 만남을 의아해하는 것은 생활이 옛날과 달라서고, 그것이 우리가 생각하는 창의 개념을 벗어나 있기 때문일 것이다. 그 창이 무엇인지 모르기에 우리는 거기에 이름을 붙일 수 없다. 그 미지의 창은 그래서 '비(非)명사적 세계'를 구성한다. 대상을 하나의 단어에 고정시키는 대신, 일하고 있는 상태, 혹은 변화하는 흐름을 쫓아간다. 대상과 일치를 꾀하는 재현을 통해 명사는 세계를 단일화한다. 그 덕분에 우리는 세계를 좀더 수월하게 인식하는 것도 사실이다. 그러나 세계가 그렇게 단순하지 않다는 것을 우리는 알기에 시가 존재하는 것인지도 모른다. '비명사'로 꾸미고, 움직이고, 어찌하는 행위는 장님의 더듬기와 같다. 조금씩 알아가는 것보다 더 많은 미지가 열린다. 모르게, 얽히고설키고, 꼬이고 감겨 있어 우리는 방향이 없는 세계에서 더듬댄다. 너, 참, ……끔찍하구나.

타지 않는 혀 | 함성호 | 문학과지성 시인선 559

아침이면 새소리 구르고 언덕은 다시 부풀어 올랐다
그러므로 어제의 밤이 결코 괴롭고 긴 것만은 아니었다

문학은 실패다.

실패의 실패의 실패의 나는
실패의 방법을 정리하고 실패의 방향을 제시하고자 했다.

불붙었다 공중에 매달린 저 삼각형. 가케무샤와 가케무샤의 가케무샤는 삼각형 안으로 끌려온다. 시간은 세 꼭짓점을 옮겨 가며 흘러내린다. 나는 넷 여덟 다섯 순서 개수 상관 아니하는 발로 삼각형 통과하기를 반복한다. 각각의 꼭짓점을 무개성하게 퉁 치고 넘어가는 것은 자칫 무뢰배로 인식될 수 있으니 그것을 현재–미래–과거로 분리하여 부르기로 약조한 것이 조금 후겠다. 하지만 나의 우유부단함이 현재를 과거 하게 하다가 돌멩이를 애벌레 하게 하지는 아니하고 글쎄 광대 하려는 빨랫줄은 용납을 또 아니하더라 같은… 생각은 오늘도 저 높이 치솟아 나를 감싼 하늘 흉내 낸다. 삼백이 번 가케무샤와 이백칠십구 번 가케무샤는 마그네슘 알약을 사이에 놓고 마주 앉아 자기네 제조사의 것이 최고라고 다툼한다. 이것은 지금 타이핑 위하여 내가 귀 기울이는 녹취록의 한 대목인데 도통 비논리 하면서 논리 하고 논리 하지 않으면서 정당하지도 아니한 이 대목을 팔십네 번 세 번 그러니까 대충 열댓 번은 들었다 퉁 쳐본다. 녹음된 목소리를 십 초 뒤로 가지치기하고 전방으로 과거 하면서 듣고 있으나 또 수확하지는 아니하면서 삼각형 구석에 주저앉았다가 삼각형 고속도로에 드러눕기를 반복한다. 나는 그가 되어 오함마 내려치고 타국의 저무는 태양 바라보며 모래 섞인 바람 얼굴로 맞고 있지는 아니하는데 이곳의 내가 저곳의 그를 쓰는 것 아니고 이곳의 그가 저곳의 나를 읽지는 또 아니한다는 사실만이 오갈 데 없던 나를 이제는 가만있을 수도 없게 하더라.

이 책에선 주인공이 결말을 피해 달아난다
모든 질문을 섞어 만든 장면처럼
아이들이 우르르 달려 나간다

끝말잇기처럼 계속되는 단어들

시작과 끝
치마와 운동화, 빗방울과 초록색
알전구와 사이다, 무익함과 무화과, 무방비와 무설탕

유령의 이마를 짚는다

온기라고 하면

투명하다는 말을
넘어서고

……

백골색 머리띠를 부러뜨리고
이마에 입을 맞추는

너의 어떤 면

처음으로 손과 손, 입술과 입술이 닿았을 때의 체온을 기억한다.

그리고 그것은 어떤 기준점이 된다. 이후 너의 표정에 매달린 체온을 가늠하는.

어떤 날은 뜨겁거나 또는 차갑다.

그러면 걱정된다. 내가 놓친 너의 뜨거움과 그리고 차가움이.

미지근하다. 풀이 죽었다가 곧 안심한다.

우리의 기쁨과 슬픔 끝에 매달린 우울의 체온이 같다는 뜻이니.

누군가를 생각한다는 것은 체온을 가늠하고 상상하는 일이다.

나는 단지 너를 생각하는 대신, 너를 상상한다.

너의 체온에 따라 나는 너를 상상한다.

나의 상상이 너에게 닿는다면 좋겠다.

너에게 닿은 나의 상상이

낮에는 세상에 단 한 벌뿐인 옷이 되어 너를 아름답게 하고

밤에는 새털 같은 이불이 되어 밤보다 깊고 아름다운 잠으로 너를 데려가주면 좋겠다.

만약 우리의 시 속에 아침이 오지 않는다면 | 김중일 | 문학과지성 시인선 565

가스가 있다. 우리에게는 가스가 있다. 가스는 색깔이 없고 냄새가 없고 무게가 없고 가스는 소리가 없고 보이지도 않고 그러나 가스는 부드럽고 가스는 온화하고 가스는 은은하게 순조롭게 우리에게 흘러들어오고 가스는 우리를 어루만지고 우리의 생각은 온통 가스로 가득 차 있다. 도시가스 보급이 전국으로 확대되었다.

가끔 생각한다. 이 세상 모든 단어의 영지를. 사실 명사들의 영지가 넓은 것 같지만, 형용사나 부사, 접속사의 영지가 더 넓다. 그중에서도 부사들의 영지가 제일 넓지 않을까 생각해본다. 우리가 이 세상에서 사라지면, 명사가 아니라 형용사나 부사, 접속사의 상태가 되지 않을까 생각해보기도 한다. 명사나 대명사에 달라붙지 않게 된 그들의 무한한 자유. 그들의 합종연횡. 내게서 떠난 이들도 형용사나 부사, 접속사의 모습으로 지금의 나를 감싸고 있다고 생각해본다.

혜경아, 밥 먹었어? 한없이 포근한 표정으로 묻는다. 남영이가. 몇 해 전부터 잘 먹지 않던 날에는 하루에도 여러 번 너의 목소리가 들린다. 이상하다. 깨어보면 매번 한 겨울의 꿈이었다. 유명인의 아내 이전에 송남영은 나의 친구였다. 우리는 남산 언덕 학교에 다녔고 동아리 '모션(Motion)'에서 만났다. 이렇게 쓰고 보니 너의 얼굴 윤곽, 움직임, 통통한 볼살과 함박웃음까지도 보이고 마주칠 때마다 밥 먹었냐고 묻던 너의 그 뉘앙스가 무엇이었는지 오롯이 느껴진다. 낯선 서울에 적응하느라 매일 주춤거리던 마음에 검고 딱딱하게 자리 잡던 불안. 너는 나의 그것을 일찍 다 감지한 듯했다. 내가 기억하는 사랑의 실루엣이다. 슬로모션으로 따뜻하다. 진술아, 밥 먹었어? 어느 날에는 동아리 친구들이 붙여준 그때의 내 이름을 부르며 남영이가 다시 묻는다. 벌써 네가 떠났다는 걸 믿을 수 없지만 그것이 사실이라고 했다. 나는 스무 살로부터 지금까지 평소에는 하지도 못하고 웅얼거리던 말을 시를 통해 '진술(陳述)'하느라 아직도 이러고 있는 걸까. 그때의 별명은 어쩌면 예견이었는지도 모른다. 밥 먹는 일과 시 쓰는 일 사이에 이제 무슨 가능성이 남아 있을까. 단어들은 내가 하지 못한 것을 활발하게 다정하게 다 하고 있구나. 아름다운 것만 보고 싶은 것은 아니지만 보고 싶은 것은 아름답다. 내 청춘의 중심에 한껏 웃어주는 네가 있다.

어떤 스무 살은 마흔 속에 가 있고
어떤 마흔은 스무 살 속에 와 있다.
— 시 「핵核」에서

밤의 유리창, 이차원 평면 위에 내 모습이 흐리게 떠 있습니다. 저 상(像)의 입장은 알 수 없지만 내가 웃으면 따라 웃고 울면 따라 웁니다. 이곳에서 엿보는 이차원의 질서입니다.

그러나 이차원에는 생각이 없습니다. 생각은 삼차원의 부피에 담긴 것입니다. 그러므로 평면 위 얼굴은 자신이 나의 반영이라는 사실을 모릅니다. 그렇다면 삼차원에는 사차원에 존재하는 무엇이 없습니까. 어쩌면 삼차원 세계에 사는 나는 사실 사차원 속 누군가의 반영인지도 모릅니다. 사차원의 그가 지닌 무엇이 내게는 결락되어 있기에 나는 그를 인지하지 못하는지도 모릅니다. 그렇다면 사차원의 그는 오차원에 사는 누구의 반영입니까. 그렇다면 오차원의 그는, 육차원의 그는, 어쩌면 모두가 자각할 수 없는 존재의 표정을 따라 웃고 따라 울고 그렇게 계속됩니까.

유리 위 얼굴은 빛과 어둠의 대립하에 발생합니다. 실내보다 바깥이 어두운 시간, 내가 창의 근처에 머무를 때에. 날이 밝거나 콘크리트 벽 쪽으로 몸을 옮기면 반영은 소멸합니다. 사차원의 커다랗고 지저분한 창, 모서리를 향해 걸어가는 누군가, 유리 위에서 끌려가는 반영-우리들, 그 위에 남겨진 사차원의 숱한 손자국. 그 시간 동안이 삶이라면, 그가 마침내 불투명한 곳으로 몸을 옮기는 순간을, 선명한 낮이 우리를 지우며 찾아오는 장면을 우리는 영영 볼 수도 지닐 수도 없기에.

◇.

나는 하(何)오.

이옥고, 탁(卓)하(河)오.

기억하건대 object G— 저 멀리 먼지 없는 사유에 닿고자 했으나, 내일이란 작자는 미적 열정에 불을 지피고 서럽게 되새김질을 반복하며, 나를 지나쳤던 마이크로 언어로 눈(嫩)싸움을 하다가 한참 동안 그렇게 서서 삼킬 것이다.

해돋이와 서정이 필요 없는 응용의 길목에서, 〈도라지〉라는

∵아기 돼지 로봇이 나에게 물었다.

"죽는다는 건 심심해지는 일인가요"

◇.

어느새 달은 총명해지고 별은 흐린 권두언을 쓰곤 하겠지만, 나는 빗물과 건배하는 자세로, 시대와 겨루다가 뭉친 등 근육을 풀기 시작한다.

기억하지 못하건대 object G— 노래는 모든 생이 움찔할 때마다 흔들렸던 대륙 간의 화해들 같다. 멋진 날에는

칡뿌리 요정이, 텁텁한 맛이 그리워서 증류수에 나의 백혈구를 섞어 마셨다고 한다.

문 닫은 팬케이크 가게 앞에서 무릎 꿇고 시를 쓰며,

∵기울기 65.1도, 근지점 228킬로미터, 원지점 1,849킬로미터, 회전주기 106.95분. 이것은 창작의 문제가 아니라 창조의 무형일 뿐이다.

문 하나를 생각해본다. 그 문은 유리일까. 금속일까. 나무일까. 손잡이를 잡아볼까. 잡는 순간 깨지지 않을까. 녹아버리지 않을까. 바스러지지 않을까. 이 문을 열기 위해 필요한 것을 떠올려본다. 그것은 커다란 돌일까. 도끼일까. 머리핀일까. 불일까. 문을 하나 생각했을 뿐인데 이게 다 뭐란 말인가. 그만두자.

다시 문 하나를 생각해본다. 그것을 연다. 그냥 가볍게 미는 것으로 충분하다. 문을 열자 쏟아지는…… 것을 생각하면 그 많은 것들. 생각은 그만두고 보이는 것을 본다. 아는 빛과 모르는 어둠, 모르는 빛과 아는 어둠이 뒤엉켜 있다.

구조 없는 어둠. 구조 없는 환함.

다시 문을 생각한다. 내가 열고 나온 것. 내가 두고 지나온 곳. 문의 존재가 멀리 더 멀리 갈 수 있도록 등을 민다. 문에 대한 기억이 비선형의 시간을 통과하는 걸음을 알려준다. 문의 자리가 돌아갈 수 있는 집을 믿게 한다. 문의 틈새가 균열 너머의 전망을 보는 시선을 빌려준다.

구조 없는 공간.
우리 앞에 놓인 유리를 지나오지 않은 전망들.
시선은 돌아오지 않는다.

안팎 없이
너머 없이
문을 생각할 수 있다.

문이 있다.

또 오랜 시간을 문장들 사이에서 서성거렸다.

"문학은, 스스로 주장하는 바와는 달리, 단순화하는 경향이 있다."

로제 그르니에의 문장을 읽고 두려워졌다.

얼마나 많은 것이 내 단순함의 칼날에 잘려 나갔을까?

아마도 견딜 수 없는 순간들을 견디기 위해서였겠지만,

그래도 나는 내 자신이 자꾸 미워졌다.

그때마다 다른 문장들이 다가왔다.

"나는 이미 한때 소년이었고 소녀였으며,

덤불이었고 새였고, 바다에서 뛰어오르는 말 못하는 물고기였으니."

엠페도클레스가 남겼다고 전해지는 문장이다.

아무래도 나는 엠페도클레스의 후예인가 보다.

사랑의 윤회를 믿는 것 같다.

울지 않으면서 울기. 우는지 모르면서 울기. 울음에게 들키지 않게 울기. 너무나 오랫동안 숙성되어서 울음 아닌 것이 되어버린 울음 울기. 벽 안에 갇힌 울음이 출구를 찾아 마구 들이받을 때 자기도 모르게 호흡이 가빠지거나 발을 헛디디거나 괜히 엉뚱한 곳을 긁기. 울음에 발음이 달리고 문장이 되어서 울음인지 모르는 말로 떠들기. 흥이 나고 웃음이 터져서 웃음인지 노래인지 모르는 울음 울기. 웃고 떠드는 사이에 울음의 광풍이 온몸을 휩쓸며 지나가게 하기. 실컷 떠들다가 가끔은 울음 속의 넓고 환한 공터를 힐끗 들여다보기.

괴로움을 견디느라 괴로움과 놀고
슬픔을 견디느라 슬픔과 놀고
그러다가
노는 것도 싫어지면
싫증하고 놀고……

—「놀다」 전문

어디선가 눈물은 발원하여 | 정현종 | 문학과지성 시인선 574

내가 남자라면
반드시 잤을 거야 종종 잤을 거야
공원 미끄럼틀 플라스틱 원통 속
후미진 건물 뒤편 좁다란 공터
둥지처럼 오목하게 빈 손수레
아, 길가 아무 담벼락 아래도 좋지
긴 외투 머리까지 뒤집어쓰고
담배꽁초처럼 가랑잎처럼 애벌레처럼 꼬부라져서
폭 잠들어도
누구도 눈여겨보지 않을 거야 내가 남자라면
30분만. 한 시간만. 딱 10분만!
저 탐스러운 버스 정류장 벤치
저 탐스러운 계단참
아, 탐스러운 카페테라스
집에 가면 잘 수 있다
집에 가면 잘 수 있어
길 위의 여자 비틀걸음 옮기며 중얼거린다
집 없는 여자
집에 가도 잘 수 없는 여자
비몽사몽 스치며

일요일 오전의 햇살,

내가 오랫동안 사랑한 것

내가 이유인 것 같아서 | 이우성 | 문학과지성 시인선 576

뒤편의 세계에 함부로 설렌 죄 기울어진 세계에 의탁한 죄 저울에 올린다 흔들린다 사람도 시대도 흔들리며 연명하는 피사의 탑 기분의 햇빛이 질 때 식물 등을 켠다 따뜻하게 구워질 때 세상의 취사병인 시를 받는다 한 현상에서 다른 목숨 다른 이름 아무도 들은 적 없는 메아리를 불러내는 최면술사가 될 것 추위가 따뜻함의 처음이라면 미미한 빛이 행복이라면 가시를 빼낼 시 추운 발등 덮어줄 시를 고집할 것

하늘의 후사 하늘의 바깥인 이 세상이 돌연사할 수 있는 21C 강바닥 바위에 딱 붙어 연명해도 햇빛에 반사되면 거의 반년은 한 세계를 무지개 밥상으로 들어 올리는 수생식물 '마카레니아 클라비게라'의 시 죄와 수치를 세례 줄 시를 쓸 것 아흔아홉 채 허공을 거느릴 것 아흔아홉 채 종루의 종지기가 될 것

나는 사소한 것을 좋아하고 사소한 것으로부터 발생하는 모든 사건을 좋아한다. 이를테면 만남이라든가 넘어짐이라든가. 걷다 보면 겪는 일들이다. 그리고 세계에서의 만남이 숱한 넘어짐으로 이루어진 것임을 알게 된다. 주전자 속 보리차가 수많은 기포의 끓음으로 채워지듯이. 방을 밝히기 위해 빛의 군락이 모여야 하듯이. 사건 속에 또 다른 사건들이 연쇄된다. 우리는 불가피한 경험을 사후적으로 재현하여 희망이라는 불가능을 모으고 모아 가능성의 부분으로 삼으려는 생의 의지로 이 세계를 버티고 있는지도 모른다. 불가능한 현실을 글에서는 얼마든지 해낼 수 있다. 나와 당신이 읽고 쓰는 동안 아주 작은 희망이라도 발견했다면, 이 세계를 흐르는 시간이 한 뼘은 더 넓어졌을 것. 또한 나를 움직이게 하는 원동력은 무수한 언어의 조합과 사태적 선언에서 온다. 아무도 없는 생태 공원이 오염된 발자국으로 축축해진 땅이라고 버림받을지라도. 그 속에서 놀던 아이들과 가족과 연인을 잊지 않으며. 어느 주말 오후를 다시 불러 함께 핑크뮬리를 보고, 정자에 앉아 과일을 깎고, 부드러운 공중에 볼을 비비며 그네를 탈 것이다. 언어는 무력해도 좋았던 날들과 그 속에서 아름다웠던 장면을 오래도록 간직할 것이기에. 당신은 계절에 갇히지 않는 풍경이다.

젖은 풍경은 잘 말리기 | 이기리 | 문학과지성 시인선 578

아파트가 견딜 수 있는 하중은 최대 몇 킬로그램인가요?

시작되었다

햇빛 쏟아져 들어오고
밤이 오면 커튼부터 내려

평온하게 잠든 누군가의 머리 위로 떨어질 것 같다

어떤 이야기는 추락으로부터 시작되지만

다른 세계로 낙하하는 여자애의 이야기도 있지만

전부 변하고 말 것이다

새들이 모이 먹는 모습을 보면, 주위를 살피는 시간은 꽤 길고, 먹이를 삼키는 순간은 아주 짧다. 이것이 무슨 발견이라고 말할 나위도 없겠지만, 나로서는 칠십대 후반기에 이르러 새삼 깨달은 사실이다. 주변 사물을 세심하게 관찰하고 깊이 생각하고 느낀 바를 틈틈이 적어놓았다가 몇 번이고 고쳐서 한 편의 시를 만들어내는 시인의 글쓰기와 비슷하지 않은가! 그러나 비슷한 과정을 거쳐 새들은 모이를 먹고 하루를 마감하지만, 시인은 하루 종일 새들을 바라본 날도 시 한 편을 끝내지 못하는 수가 많다. 때로는 이런 날에 관하여 시를 쓰기도 한다. 시를 쓰지 못한 날을 소재로 삼은 작품도 시의 자장을 넓힌 것이라고 자위한다면 궤변이 될지도 모르겠다.

역사는 이긴 자들의 기록이라는 정의가 흔히 인용된다. 살아남은 자들의 회고담이라고 해도 틀리지 않을 것이다. 그렇다면 영웅전을 제외한 문학작품은 대부분이 패배한 자들이나 애석하게 죽은 이들이 남긴 소문이다. 그럼에도 불구하고 신나는 성공담보다는 슬픈 실패담이 우리를 감동시키는 것은 문학의 숙명이며 본질이 아닐까.

그저께 보낸 메일 | 김광규 | 문학과지성 시인선 580

구성품: a, b, 레버

1. 조립

기존에 통용된 몸통을 분리합니다. 상단에 고정된 너트를 돌려 제거합니다. 손으로 돌려 해체되지 않는 경우 공구를 이용합니다.

1) a를 옆판에 장착하여 고정합니다. 나사돌리개를 이용하십시오. 올바르게 작동하는지 표면을 쓸어 확인합니다. 무늬 그대로 결이 느껴지는지 반복하십시오. 별도의 장치 없이 사용할 수 있습니다.
2) b를 다른 옆판에 결합시킵니다. 알맞게 고정됐다면 재조정합니다. 볼트가 가벼운 충격에 분리되도록 헐렁한 결속을 유지하십시오.

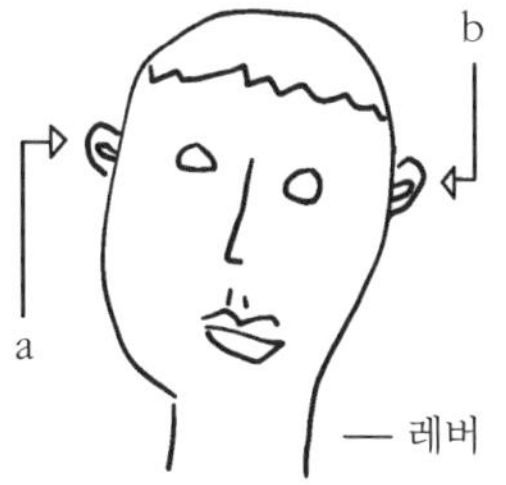

2. 연결

1) 옆판과 옆판을 힘주어 압착합니다. 부록으로 발행된 선장 키트를 소독한 핀셋으로 개봉하십시오. 화기를 사용해 열을 가한 뒤, 체결합니다. 선장의 낙원은 과량의 알코올과 널브러진 제도에 없습니다. 남용으로 인한 마모 또는 손상에 주의하십시오.

2) 레버가 결착되었는지 좌우로 돌려 확인합니다. 특수한 각으로 가동 가능합니다. 레버는 불투명하므로 내부를 뒤집어도 투명하지 않습니다.

연결 후, 흔들리도록 느슨하게 풀어두십시오.

나는 신이 깜빡 조는 사이 지옥에 잠시 다녀왔다 하얀 미사포를 쓰고 묵주반지도 꼈지만 하도 끔찍해서 미사 시간에 번쩍, 눈을 떴다 나란히 앉아 짓지도 않은 죄를 고백하던 엄마는 성호를 긋다 말고 소란스러운 나의 입술 위에 급히 검지를 가져다 댔다

다시

건반 위로 차분히 손가락은 올라가고
이상한 옥타브에 걸려 모두가 부르기 힘든 성가는
이상하다 아무리 불러도 되돌이표로
돌아간다
다만 누군가 말미에 힘주어

"아—아멘"

하고 외치면 비로소 끝나는 것이다

그 누군가가 누구인지는 아직 밝혀지지 않았다

나는 노래를 계속 부르고 싶었다

그날 가장 절박한 사람은 나였다

"사랑하는 행위는 시이다"라고 라캉은 말했다. "시와 행위 사이에는 하나의 세계가 있을 뿐이다"라고도 했다. 그 말을 새삼 되새긴다. 그리고 그 모든 사랑의 행위를 놓치고 살아온 게 아닌지 반성한다. 시를 놓친 삶은 사랑을, 세계를 놓친 삶이다.

그래, 사랑이 갖는 외로움과 설렘, 자기 연민과 욕망은 어떤 산문으로도 제대로 설명할 길이 없다. 그 자체가 시이기 때문이다. 사랑한다면, 매 순간이 삶이며 죽음임을 깨닫는 것 그리고 그것들의 기억과 희열이 모두 구름의 주소록에 적을 둔 존재의 욕망인 것을 어떻게 남의 말처럼 할 수 있겠는가?

우리는 왜 서로 낯선 시인가? 언어여, 더 이상 어쩔 수 없어서 말을 비틀기만 한다면, 우리는 얼마나 비시적이면서 가련한 존재인가? 다만, 봄날 저녁의 보랏빛과 붉은색, 노란색이 뒤섞인 노을이 꽃 핀 산딸나무를 물들이는 걸 있는 그대로 본다. 바람이 나무를 흔든다. 거기 앉아 지저귀는 후투티의 목청은 애틋하게 쉬어 있다. 나무와 새가 서로 갖는 사랑의 의지와 욕망 때문이다. 그 성취가 결국 '없는 것'에 불과하더라도, 그 소리를 내 것으로 통하려는 시적 '세계를 하고 싶다'고, 아직도, 간절히, '말'하고 싶은 것이다.

기억의 미래 | 이하석 | 문학과지성 시인선 583

어떤 도착은 다정하다 다정함 속에 담겨 있다
다정함에 담겨 녹게 된다 도착을 갖기도 전에
제 모습을 갖고 있지 않게 된다

어디에 마침표를 놓아야 할까
녹고 있는 눈처럼
마침표를 들고 있었고

문장이 끝났음을 알 수가 없구나
문장이 끝났음을 표시할 수가 없구나

도착을 갖기도 전에
제 모습을 갖고 있지 않게 된다

두 명의 사람이 걸어가고 있다.
휴대전화를 든 손이 읽기 시작한다.
사람이 사람답게 사는 삶을 위하여……

그 말을 듣는 귀가 말한다.
그게 가능하다고? 와하하.

그렇게 슬픈 웃음은 처음이었다.
"와하하"는 시한폭탄 같은 말.
언제 터질지 알 수 없는 말.
이미 파편이 되어 사방팔방으로 튀어버린 말.

손이 닳도록 빌어도 사라지는 것이 있다.
귀를 닫아도 어떻게든 들리는 말이 있다.
허깨비로, 메아리로 자꾸 돌아온다.

있었다고.

한탄강에서 잠자는 두루미와 재두루미를 본 적이 있다. 두루미 칠십여 마리와 재두루미 이백여 마리가 함께 모여 잠을 자고 있었다. 불침번을 제외하고는 솜뭉치처럼 웅크린 두루미의 잠. 외다리로 서서 다른 다리와 머리는 깃 속에 묻은 두루미의 잠. 그들이 잠자리로 잡은 곳은 혹한이 아니면 얼지 않는 여울이었다. 삵 같은 천적이 몰래 접근하기 어려운 곳이었다.

이윽고 날이 밝자 고개를 들고 날개를 털었다. 몇 마리씩 걸음을 옮겨 무리에서 벗어나더니 발을 구르며 달리다가 차례로 날아올랐다. 잠은 떼로 모여 자고 먹이터는 가족끼리 찾는 두루미들이 울음소리로 서로를 확인하며 날아올랐다. 어느새 감쪽같이 두루미와 재두루미가 모두 사라지고 여울물 소리만 들리는데 그제서야 능선 위로 불끈 해가 솟았다.

강변 벼랑 위 나무 뒤에 숨어서 나는 두루미들을 숨죽이며 지켜보았다. 다른 부족의 신성한 제의를 몰래 훔쳐본 토템 시대의 이교도처럼 마구 가슴이 뛰었다.

아직 드러나지 않은 사랑의 기척을 기다리며
유리와 돌멩이를 세공하듯 쓴다

이곳의 사랑을 저기로 옮긴다
그러면 빛은 거기로 번지고

다정하고 비효율적인 사랑이
어디에나 가득하고

세계는
이미 이전과 같지 않을 것이다

비극을 가뿐하게 뛰어넘는
커다란 산을 쓰러뜨리는
허밍을 하며

나아가는
나아지는

미래.
여기 있음.

배터리 충전. 밝아지고 있음.

미래는 허밍을 한다 | 강혜빈 | 문학과지성 시인선 587

시인의 궁리는 각각의 작품을 통과하면서 겪어내는 변신에의 꿈이 저의 저작(咀嚼)으로 오롯하길 소망한다. 그리고 앞으로의 시작에도 한결같기를 바란다. 그러나 말을 조직하고 완결하는 시의 힘, 그것은 완성을 지향하지만 결코 완성으로 이끌리지 못한다. 그 불완전함 탓에 질서를 새롭게 마련하려는 수많은 고투가 나름대로 의미를 지닌다. 시의 끈질긴 내력은 실패로 이어져 오래인 것이다.

사라지는 일에 하루하루
정성을 다하는 사람이 있다.

그것이 힘찬 삶의 의지일 수 있다는 것을
또렷하게 상기해내면서.

파멸하고
추락하는 것에
실패하기.
물러서기.

자신의 역량을 최소화하는 것이
인간에게 또 다른 방식의 영광이 되었으면 좋겠다고
그 사람은 생각한다.

그 사람은
벼랑 끝에서
황금빛 테두리에 갇혀 있는 공동체의 구성원이다.

그 사람은 올무를 손에 들고 서 있다.

그 올무를 손에 들려준
또 다른 올무를 든 사람들과 마주 서서

우정을 나눈다.

거기에 깃든 온기와 온화를
나는 매일 상상했다.

하루 종일 설쳤어요. 멍하니 앉아 있으면 졸음이 쏟아졌다가 자리를 펴고 누우면 해야 할 일들이 떠올랐거든요. 밤잠을 설치는 건 밤에만 있지 않고, 다시 밤이 올 때까지 있죠. 다른 밤이 올 때까지 한낮을 허둥대다 보면 하루의 계획들은 잠시 잠깐의 영감처럼 갑자기 내 머릿속에 떴다 별똥별이 되어 사라져요. 텔레비전의 채널을 마구잡이로 돌리다 잘려 나간 고전 영화 속의 장면들처럼 꼭 그렇게요.

나는 내가 유일하게 또렷이 해내던 일이 밥을 먹거나 화장실을 가는 것이었단 사실을 알아채요. 밤잠에서 멀어질수록 나는 이 증상에 관해 더 분명해지려 노력하죠. 멍하니 응시하는 내 눈앞, 보이지만 보지 않는 이 진공의 공간은 별을 보듯 별을 보지 않아야 별을 볼 수 있어요.

그건 살아 있을까?

당신은 언제나 살아 있죠. 어떻게 단순하면서도 나를 가질 수 있어요? 당신이 그랬죠, 어떤 밤은 날 기다려주기도 할 거라고.

밤안개 속 흐릿한 이파리들이 내 얼굴에 저릿저릿하게 흔들리고 있다는 것을 나와 이야기하는 사람들이 자신도 모르게 알아채듯 말이에요.

낡은 의자와 비에 젖어 구불구불해진 책들, 쓱쓱거리며 바람을 타는 몇 안 되는 화분들을 봐요. 모든 것이 별이 되면, 비로소 보이지 않지만 느낄 수 있고 만질 수 없지만 읽을 수 있는 나를 사랑하죠. 그러다 반가운 졸음……

나는 물을 줘야 한다는 생각에 번뜩, 정신을 차려요.

—밤에 물을 주는 사람에겐 반드시 암호가 있다고 믿는
내 사랑에게

흑백텔레비전 시절 최고의 인기 프로그램은 프로레슬링이었고 내 유년의 우상이자 첫번째 챔피언은 프로레슬러 김일이었다. 상대적으로 왜소하지만 단단해 보이는 빡빡머리 김일. 그는 경기 내내 수세에 몰리다가 막바지에 벼락같은 박치기를 선보였다. 번득이는 박치기 몇 번이면 그보다 머리 하나는 족히 큰 거구들이 사각의 링 위에서 나뒹굴었다. 그리고 끝이었다.

청년 시절 그는 당시 일본 최고의 프로레슬러로 이름을 떨치고 있던 재일 동포 역도산을 동경하여 무작정 맨몸으로 일본행 밀항선에 올랐다. 우여곡절 끝에 역도산을 만났지만 레슬러로서는 체구가 작고 특별한 기술도 없었던 그는 새끼줄을 칭칭 동여맨 나무 기둥에 혹은 쇠기둥에 하루에도 수백 번씩 머리를 박고 또 찧는 훈련을 했다. 그럴 때마다 그의 머릿속엔 커다란 종소리가 윙윙 울렸고 이마는 터지고 찢어지며 쇳덩이처럼 단단하게 단련되었다. 그는 이기기 위해, 아니 링 위에 존재하기 위해 강하게 더 세게 상대의 머리에 자신의 머리를 들이받아야 했다. 그럴 때마다 관중은 환호했지만 그의 머릿속엔 더 큰 종소리가 윙— 윙— 울려 퍼졌다. 만년에 그는 가장 하고 싶지 않은 것이 박치기였다고 술회한 적이 있다.

나는 시를 쓴다는 것, 혹은 그것을 계속한다는 것은 김일의 박치기처럼 필살기이지만 가장 하고 싶지 않은 것일 수도 있다고 생각한다. 존재를 증명하기 위해 계속해

야만 하는 것이면서 한편으로는 자신의 생명을 조금씩 덜어내는.

아버지 돌아가신 지 10년이 지났다.
어디로 가신 걸까?
'돌아'가셨다니 거기가 집이었나 보다.
태어나면 모두 그리로 돌아가야 하니 사람들은
다 주소가 같나 봐. ㅎ
그러고 보면 인류는 한 식구야.
인간이 할 수 있는 말은 여기까지다.

아버지 돌아가시고 나서 미친 듯이 시를 좀,
썼었다.
가신 그 집을 살짝 구경하기도 했었다.
49재 때, 빛이 어떤 존재인지 조금 알 것 같기도 했다.
그간 뭇 넋의 언어를 잠시 대출받았었다.
받아 적었다.
받아놓은 신호들을 시들로 추려
송시한다. 송금하듯 시를 보낸다고.
저어기로.
왜 시를 보내느냐고?
왔으니 보내야지.
거기서 온 시그널들도 현찰은 아니었어.
그래서 시로 보내는 거야.

빛과 이름 | 성기완 | 문학과지성 시인선 592

절대로 멸망하지 않을 세계를 살아가는

독자(讀者)이자,

독자(獨子)는 결코 아닌

멸망한 세계에서 살아남는 법 | 변혜지 | 문학과지성 시인선 593

현관문을 열고 나가기 직전의 사람에게

다음 역으로 가는 사람에게

새의 다리를 붙잡았으나 늪에 다리가 붙들린 사람에게

사라진 동료의 빈자리를 바라보는 사람에게

절대 상하지 않겠다 다짐하는 사람에게

무의미를 위해 노동하는 사람에게

뒤로 걷는 사람에게

거꾸로 서서 우는 사람에게

술을 삼키고 웃는 사람에게

새로운 생활을 등에 업고 넘어지려는 사람에게

일 앞에서 스스로를 인질 삼은 사람에게

기어코 쓰려는 사람에게

누구나 희망 이전인 시간에서 절망 그 후인 공간까지 오고 희망보다 절망 그 후가 더 중요하다.

파울라 베어가 나오는 영활 보고 영화관에서 얻어 온 포스터를 방에 붙여놓은 후 파울라 베어를 생각했다. 아직은 우리 영역에서 비켜나 있는 불길이 끝없이 타오르는 밤이었다.

인생이 자꾸 다른 이름으로 둔갑해서 말을 이룬다.

빵 죽이기

당신도 제정신은 아니죠
남의 찻잔에 코를 박고
그토록 진지하게
암스테르담의 홍등가를 떠올리다니

빵집에 앉아 있으면
너무 아름답고 괴상하고 춥고
숭숭 뚫리고 몰아치고
정말이지
굴복해버리고 싶지 않아요?

빵
난 저 녀석을
먹어버릴 거예요

홀가분하게

……

히말라야 등반이 낫겠어요

빵집에서 시를 쓴다는 건

빵을 조금씩 죽이는 일

아무도 모르게

죽은 빵의 호주머니를 뒤지는 일

순진한 삶 | 장수진 | 문학과지성 시인선 598

찰스 부코스키의 묘비명은 Don't try이다.

나는 거의 시도조차 하지 않았다.

손톱을 깎았는데 꼭 하나가 모자랐어요.

나는 점점 불규칙해지고 자꾸 고개를 흔들고

깊은 밤에 깨어났죠.

래디컬은 내가 컨트롤할 수 없는 곳으로 나아가는 것 자체이다.

의도된 아이러니는 이미 아이러니가 아니다.

벤야민식 알레고리에 호의를 품을 수 없었다.

밤마다 모자라는 건 손톱이 아녜요.

나는 식탁과 베갯머리를 뒤져 반드시 그것을 찾아냈기 때문에.

사라진 그것을.

정확하게 열번째를.

세계는 결코 모자라는 법이 없다.

허공이 그러하듯이.

시간이 그러하듯이.

당신이 그러하듯이.

나는 거의 시도조차 하지 않았다.

애를 쓰지 않았다.

한두 개의 사례는 꼭 어긋나게 마련이죠.

예외만으로 이루어진 세계가

어딘가에 있을 거예요.

사라진 손톱 하나가 나를 할퀴었다.
얼굴에서 피가 흘렀다.

미지를 향한 증언

— 시가 우리에게 건네는 말

강동호
(문학평론가)

시인이나 시는 자기의 시의 증인이 될 수 없다.
— 김수영, 「참여시의 정리」에서

바리새인들이 이르되 네가 너를 위하여 증언하니 네 증언은 참되지 아니하도다. 예수께서 대답하여 이르시되 내가 나를 위하여 증언하여도 내 증언이 참되니 나는 내가 어디서 오며 어디로 가는 것을 알거니와 너희는 내가 어디서 오며 어디로 가는 것을 알지 못하느니라.
—「요한복음」 8장 14~15절

말은 나를 데리고 어디로 가고 말은 나를 끌고 당신에게로 가곤 했다.
— 허수경, 『청동의 시간 감자의 시간』 뒤표지 글에서

1978년 황동규의 『나는 바퀴를 보면 굴리고 싶어진다』로부터 시작된 문학과지성 시인선(이하 문지 시인선)이 어느새 통권 600호를 맞게 되었습니다. 반세기 가까이 이어온 언어적 모험의 역사를 차분히 되돌아볼 때마다, 시를 사랑하는 독자로서 자연스럽게 시인들을 향한 존경과 경의의 마음을 품게 되는 것 같습니다. 물론 문학의 사회적 위상이 낮아지고 시에 대한 관심이 줄어드는 엄연한 추세를 부인할 수 없습니다. 최근 들어 시인선이 다양해짐에 따라 문지 시인선이 차지하고 있는 물리적·상징적 비중에 변화가 있었던 것도 부정할 수는 없습니다. 과연 문지 시인선이 스스로 공표하고 있듯 미학적 전위의 최전선에 충실히 서 있었는지에 관해서도 애정 어린 비판과 질책이 들리는 것 같습니다. 시인선 기획에 참여하는 한 사람으로서, 이 모든 주변 상황을 냉철하고도 겸허하게 되돌아볼 시기라고 생각합니다. 다른 한편으로 이런 믿음도 가져봅니다. 시장이 사회 전 영역을 경제적 가치로 환원시키는 동시대적 현실 속에서, 문학만의 가치와 존엄을 지켜내기 위한 최후방의 거점 중 하나로 문지 시인선이 남아주기를 바라는 독자가 적지 않다는 것을 말입니다. 동시대 시인과 독자 들에게 부끄럽지 않도록, 문지 시인선을 더욱 개방적이면서도 혁신적인 공유 자산으로 가꿔나가는 일이 중요하겠다는 다짐도 새삼스럽게 해봅니다.

문지 시인선이 그간 걸어온 역사적 궤적을 가늠하고,

그것의 동시대적 의의를 냉정히 평가하려면 특별히 더 긴 글이 필요할 것입니다. 여기서는 600호를 기념하려는 이 책의 취지에 따라, 문지 시인선이라는 이름의 컬렉션이 오랫동안 고수하고 있는 소박하지만 중요한 특징을 짚어보고, 거기에 내포된 의미를 함께 공유해보는 데 좀더 집중해볼 예정입니다. 최근 600호 시인선 간행을 미리 축하하며 시인 이원이 보내온 글에서 시작해보고자 합니다.

> 문지 시집의 가장 큰 고유성을 꼽으라면 뒤표지 네모 속 네모에 담긴 글이 아닐까. '시인의 말'도 있고 시도 가득인데 뒤표지에는 왜 또 글이 들어가야 했을까. 그것도 다른 사람이 쓰는 추천의 문장도 아니고 시집 안에서 뽑은 문장도 아닌 새로운 글을 말이다. 네모를 꽉 채우도록 빼곡하게, 몇 줄만, 들어가는 모양은 다 달랐지만 그 무게는 상당했다. 그 글을 산문이라고 불렀지만 읽어보면 산문이면서 시였다. 시였는데 또 시가 아니었다. 네모 속 글은 그 무엇과도 달랐다. 나도 시집을 내면서 뒤표지 글을 쓰게 되었고, 어느 순간 알게 되었는데, 그것은 '시인의 말'이 아니었다.*

* 이원, 「전위에서 사랑까지, 한국 현대 시의 희귀하고 고유한 역사」, 『문학과사회』 2024년 봄호, pp. 352~53.

이원 시인이 지적하고 있듯, 문지 시인선이 지닌 고유한 특징은 시집을 마무리하는 지점에서 다시 등장하는 또 하나의 '새로운 글'에서도 발견될 수 있습니다. 유수의 출판사에서 출간되는 시집들이 추천의 말이나 시인의 약력을 적어놓는 것과 달리, 문지 시인선에 참여하는 모든 저자들은 독립적인 글을 추가하며 시집의 마지막 뒤표지를 장식해야 합니다. 이와 같은 독특한 구성에 특별한 기획 의도가 있었던 것인지, 문지 시인선의 역사에 뒤늦게 참여한 사람으로서 제가 아는 바는 거의 없습니다. 하지만 오랜 시간 유지되고 있는 이러한 구성적 차이로부터 남다른 의미를 발견할 수 있는 사후적인 이유 몇 가지에 관해서는 다소간의 말을 덧붙일 수 있을 것 같습니다.

우선 시집의 물리적 끝이라는 위치는 불가피하게 뒤표지의 글에 어떤 서사적 연속성과 개연성의 감각을 부여하게 만듭니다. 하나의 독립적이고 개별적인 글이면서 동시에, 일종의 음악적 코다(coda)처럼 시집의 종결을 고지하는 자기 지시적 텍스트로 읽힌다는 뜻이기도 합니다. 문지 시인선의 애독자라면 이 예외적인 위치에서 조우하게 될 글을 실마리 삼아, 시집의 중요한 비밀에 한 걸음 다가설 수 있으리라 기대한 경험이 한 번쯤은 있었을 것입니다.

한편 뒤표지에 추가된 글이 지닌 특징은 모호하면서도 규정하기 어려운 장르적 정체성과도 관련 있습니다. 이렇게 되물어볼 수 있습니다. 이 글에 부합하는 장르 명칭은 과연 무엇일까요? 비교적 분명한 것은 그것이 통상적인 의미에서의 '시인의 말'과 동일시될 수 없다는 사실입니다. 시집의 저자가 시를 쓰면서 느꼈을 내밀한 감정이나 남다른 포부 등이 담겨 있을 '시인의 말'은 문지 시인선의 경우 책의 앞부분에서 바로 확인할 수 있기 때문입니다.

'시인의 말'이 아니라면 자신의 시에 대한 개별적 산문, 즉 시론(詩論)적 에세이라고 할 수 있을까요? 분명 그렇게 생각하고 읽을 여지도 없지 않습니다. 적지 않은 저자들은 산문의 형식으로 자신만의 압축화된 시적 비전을 선보이고 있습니다. 그럼에도 불구하고 산문이라는 장르적 개념이 만족스럽지 않은 이유는, 이 모든 글들의 본질적 욕망과 성격을 충분히 아우를 수는 없어 보이기 때문입니다. "그 글을 산문이라고 불렀지만 읽어보면 산문이면서 시였다." 실제로 이 책에 실려 있는 상당수의 글들은 체계화된 시론을 지향하는 대신, 도리어 시의 영역을 넘보는 것처럼 읽힙니다. 단순히 시의 형식을 차용하고 있기 때문이 아니라, 시집을 읽으며 느꼈던 시적 체험과 유사한 분위기를 독자들이 공유할 수 있기 때문입니다. 그렇다면 그것을 온전히 '시'라고 불러도 괜찮을까요. 다소 애매한 결론입니다. 만약 그것을 시로 규정하게 된다면, 우리는 시집의 내부에 속하지 않은 또 한 편의 잉여적인 시를 가정해야만 합니다. 이원 시인의 말처럼, 뒤표지의 글을 시나

산문이라는 익숙한 이분법으로 이해하는 것이 가능하지 않은 이유가 거기에 있는 것 같습니다.

시이면서 동시에 시가 아니고, 산문이면서 동시에 산문이 아닌, 그 무엇과도 다른 네모 속의 글. 마치 공집합처럼, 시집의 부분을 이루지만 시집의 주조 시공간에 속하지 않는 예외적 위치를 부여받은 글쓰기. 시집의 내부와 외부의 분할을 공표하는 자리에서 발화되는 이 모호한 위치의 텍스트를 뭐라고 불러야 할까요. 이원 시인은 이 독특한 위치에 새겨진 글쓰기를 위한 새로운 이름을 다음과 같이 제안합니다.

> 시의 말이었다! 시가 하는 말이었다. 시인 없이 시가 하는 말이었다. 오로지 시의 말이었다. 시가 생물로 온 순간, 시가 생물로 바뀐 순간, 그곳에서 펄떡이는 말이었다. 이제야 왜 먼저 뒤표지 네모 속 문장을 읽었는지를, 그곳에 고요하게 머물게 되었는지를 알게 되었다. 시의 말은 시도 모르게, 시인은 더욱 모르게 나타나는 것이다. 읽을 때도 모르게 존재하는 것이다.*

'시의 말'이라는 새로운 정의는 '시인의 말', 또는 '시'와 구분되는 의미에서의 그 발화의 경계적 성격을 강조하기

* 같은 글, p. 352.

위해 고안된 표현처럼 읽힙니다. 어째서 시의 말일까요? 아마도 "시의 말은 시도 모르게, 시인은 더욱 모르게 나타나는 것" "읽을 때도 모르게 존재하는 것"이라는 설명에 비밀이 있는 것 같습니다. 여전히 풀기 어려운 수수께끼처럼 들리지만 이원 시인이 힌트처럼 제시한 저 '모름'에 주의를 기울이면, 의외로 시적 언어의 탄생과 연관된 중요한 통찰 하나에 도달할 수 있을지도 모르겠습니다.

시와 시인은 어떻게 탄생하는 것일까요? 우리는 시가 시인의 내밀한 감정, 또는 세계에 대한 주관성의 표출이기를 기대하는 경향이 있습니다. 가령 서정시의 발화를 '독백적 개별 발화'로 정의한 디이터 람핑의 고전적인 접근법은 자기 자신의 표현, 또는 개별적 자아의 발현으로 시를 이해하게 만드는 측면이 있습니다. 시인(혹은 시적 화자)이라는 인격적 존재가 미리 상정되고, 시 텍스트를 그러한 주관적 인격의 결과물로 바라보는 시각입니다. 시와 시인의 말이 동일시되고 시를 시인의 창조물로 규정하면서, 시인이라는 인격체 또는 주체가 온전히 자신의 말에 대한 소유권을 주장할 수 있게 되는 것입니다.

하지만 동시대 시인들이 언어에 대한 사유와 탐구를 이어오면서 반복적으로 확인한 중요한 전제 가운데 하나는 시적 언어가 특정 개인의 말에 국한되지 않고, 심지어 그 말을 물리적으로 창조한 시인에게도 완벽히 귀속될 수 없다는 점입니다. 이를테면 모리스 블랑쇼는 이러한 점을 가장 급진적으로 사유한 사례 중 하나일 것입니다.

> 시적인 말은 더 이상 어느 누구의 말이 아니다. 그 말 속에서 어느 누구도 말하지 않고, 말하는 자는 어느 누구도 아니다. 오히려 말 홀로 스스로를 말하는 것 같다. 언어는 그때 모든 중요성을 획득한다. 언어는 본질적인 것이 되고, 언어는 본질적인 것으로서 말하고, 이러한 까닭에 시인에게 맡겨진 말은 본질적 말이라 말해질 수 있다. [……] 그리하여 말하는 자는 말라르메가 아니다. 언어가 스스로를 말한다, 작품으로서의 언어와 언어의 작품을.*

시적인 말의 본질을 시인의 부재와 연계시키는 블랑쇼의 관점에 순수시의 이상과 예술적 신비주의가 깃들어 있다는 것을 부정하기는 힘들어 보입니다. 그러나 언어가 순수해진다는 것은 단순히 어떤 세속적 현실도 반영하지 않는, 깨끗하고 아름다운 언어의 창조를 가리키는 것이 아닙니다. 시인은 제한하고, 틀 지우고, 억압하는 현실의 더럽혀진 언어 속에 남겨진 미지(未知)의 말을 재발견하고, 그것을 통해 다른 현실의 가능성을 바라보려 애쓰는 존재입니다. "홀로 스스로를 말하는" 말, 언어의 본질적

* 모리스 블랑쇼, 『문학의 공간』, 이달승 옮김, 그린비, 2010, p. 45.

순수성은 아직 의미가 정립되지 않은 말의 상태를 지시하며, 말과 사물 사이의 새로운 조응이 실험되는 가운데 주체와 타자를 가르고 분할하는 말 자체가 심문되고 탄핵되고 있음을 일컫습니다. 시적 자아의 폐기가 이루어지는 것도 바로 그 순간입니다. 말과 사물 사이의 낯선 관계가 주체에게 모종의 변화를 강제하기 때문입니다. 좀더 적극적으로 말하는 것도 가능해 보입니다. 시인은 현실의 질서에 포박될 수 없는 말의 생명력에 각별한 주의를 표하는 사람이고, 이 통제 불가능한 말의 운명이 어디까지 이를 수 있는지를 시험하는 존재라고 말입니다. 이때 미지는 시적인 말이 탄생하는 근원이자 목표를 동시에 가리킵니다. 시는 미지에서 출발하여 미지를 향하는 궤적을 그리며 시적인 말의 근원, 목표, 그리고 방법을 하나로 통합시키고, 급기야 시의 주체까지도 미지의 상태에 이르게 합니다. 자신의 말이 도달하는 장소를 예측할 수 없다는 점에서, 이러한 모험의 시간이 전면화하는 것은 다시 한번 미지의 시간, 나아가서는 미지로서의 자기 자신입니다.

어쩌면 블랑쇼가 말한 시인의 부재는 미지의 국면 속에서 감행되는 주체의 탈주체화, 과거의 나와 현재의 나 사이에 형성된 새로운 관계에 대한 소망과 기대를 담고 있는 것인지도 모르겠습니다. 그렇다면 우리는 '시적인 말은 더 이상 어느 누구의 말이 아니다'라는 표현을 누구도 시적인 말을 책임지지 않는다는 뜻으로, 혹은 시인이 잠꼬대하듯 자신도 모르는 내용의 말을 한다는 의미로 오해할 수 없습니다. 오히려 시인 자신이 대면한 미지의 사태 속에서 시인의 자아가 약화되고, 이 약화된 자아의 테두리 내부에서 또 다른 미지로의 경로가 다층적으로 개방된다고 말해야 할 것입니다.

시적인 말이 미지에서 출발하여 미지를 향하고, 그것이 자기 자신의 존재를 함축하고 있다는 사실은 시가 무언가에 대한 명료한 진술과 표현, 요컨대 고백의 언어로 설명되기 어렵다는 점을 새삼 강조합니다. 고백이 가능하기 위해서는 고백을 수행하는 주체가 전제되어야 하고, 고백의 주체는 자신에게 속해 있다고 가정된 진실을 타인에게 전달하는 존재처럼 묘사되기 마련입니다. 고백의 주체에게 고백의 내용은 더 이상 미지의 사건이 아니며, 그로 인해 자신이 말하고자 했던 바에 관해 명확하게 재진술할 수 있습니다.

시적인 언어는 그러한 명료한 자기 지시적 앎으로의 환원이 불가능하다는 점에서 고백의 대상이 될 수 없습니다. 그 자신이 뛰어난 시론가이기도 했던 김수영이 일관되게, 다소는 강박적으로 지적하고 있었던 것이 바로 이러한 자기 지시적 진술(고백)의 불가능성입니다. "시인은 자기가 시인이라는 것을 모른다. 자기가 시의 기교에 정통하고 있다는 것을 모른다. [……] 시인이 자기의 시인성을 깨닫지 못하는 것은, 거울이 아닌 자기의 육안으로 사람이 자기의 전신을 바라볼 수 없는 거나 마찬가지이다."* 다소 과격한 뉘앙스가 배어 있지만, 시와 시인 사이에 형성되어 있는 근원적 어긋남은 앞서 언급한 시적인 말의 본질로서의 미지의 사태와 연계되어 있는 것처럼 보입니다. 김수영의 주장은 단지 시 쓰기의 방법론의 문제에 국한되지 않습니다. 시적 체험과 연관되어 자신의 시를 해명하는 과정에서 많은 시인이 호소하는 곤혹스러움의 원천이 여기에 있습니다. 마치 에우리디케를 영원히 잃어버릴 수밖에 없는 오르페우스의 불가피한 운명처럼, 시인의 시선이 도달하는 장소에 이미 시는 사라지고 없기 때문입니다.

그래서일까요. 김수영은 시인이 자기 시의 증인이 될 수 없다고 단언합니다. "시인이나 시는 자기의 시의 증인이 될 수 없다."** 그렇지만 여기서 우리가 좀더 세심하게 살펴보아야 할 것은, 김수영의 의도가 단순히 자신의 시에 대한 무지의 전면화에 있지 않다는 사실입니다. 아마도 그가 부정하고자 했던 것, 그가 경계하고자 했던 것은 시적인 말이 탐사했던 미지의 영역이 다시 앎의 질서로 복귀하는 상황이었는지도 모릅니다. 그러한 그의 취지

* 김수영, 「시여, 침을 뱉어라」, 『김수영 전집 2』, 민음사, 2003, p. 399.
** 김수영, 「참여시의 정리: 1960년대의 시인을 중심으로」, 『김수영 전집 2』, 민음사, 2003, p. 388.

를 존중하자면, 김수영의 말처럼 시에 대한 완벽한 증인이란 존재하지 않아야 할지도 모릅니다. 하지만 그것이 시에 대해 말할 수 있는 길을 원천적으로 차단하는 것은 아닙니다. 시인이 스스로의 시를 알지 못한다고 단언하며 미지의 영역을 보존하려는 노력 또한 시에 대한 말하기의 일환입니다. 이 이상한 논리적 악순환에서 벗어나려면, 나아가 김수영의 테제를 좀더 생산적으로 다시 변주하려면 그가 부정적으로 제시한 '증인'이라는 단어, 나아가 그 주체가 수행하는 '증언'이라는 어휘를 조금은 다른 맥락에서 대리 보충할 필요가 있습니다. 자기 자신을 향하는 '시의 말'은 자신의 시에 관한 어떤 불가능한 증언의 시도, 혹은 그러한 자기 증언 속에서 전면화되는 불가능성의 체험일 수 있기 때문입니다.

시의 말에 내포된 증언적 성격을 해명하는 일은 증언이 성립하기 위한 특수한 조건과 자격 요건에 관해 묻는 일과 연결되어 있는 것 같습니다. 관련해서 생각해볼 수 있는 첫번째 특징은 증언이 특수한 종류의 진실과 결부된 발화 행위라는 사실입니다. 증언이 관여하는 진실, 증언의 형식을 통해 전달되어야 하는 진실은 많은 사람이 공적으로 확인할 수 있고, 제도적으로 인준할 수 있는 객관적 사실과 구별됩니다. 과거의 객관적 사건은 물리적 증거와 정황에 따라 그 진위 여부가 판가름될 수 있고, 다양한 자료·문헌·기록에 의해 그 전모가 명백히 드러날 수 있습니다. 반면, 우리가 증언을 필요로 하는 진정한 순간은 과거의 진실을 복원할 수 있는 객관적 증거가 부재할 때, 오직 사건의 당사자 또는 사건의 목격자의 체험과 기억만이 그 진실에 이를 수 있는 유일한 길일 경우입니다. 정확히 알려질 수 없고, 따라서 투명하게 재현·복원될 수 없는 사건의 비밀, 때로는 영원히 그 진위 여부가 밝혀질 수 없는 사건의 진실성을 향한 헌신과 충실성을 보여주는 행위가 증언입니다. 증언의 가장 급진적인 형태가 바로 종교적 간증인 이유가 거기에 있습니다.

둘째, 증언은 진실에 관해 말해줄 수 있는 주체로서의 증인이라는 특별한 존재를 요구합니다. 증인은 단순히 증언을 하는 사람이라는 뜻에 한정되지 않습니다. 증언의 진위를 보증해줄 수 있는 외적인 증거가 부재하기에, 결국 증언의 진실성을 입증해줄 수 있는 것은 오직 주체의 진실에 대한 경험, 그리고 그것을 언어화하는 주체의 진실성뿐이기 때문입니다. 따라서 증언은 단순히 말하기가 아닙니다. 진실-말하기(truth-telling) 속에서 어떤 법적·윤리적 판단의 법정 위로, 진실의 주체로서 자기 자신을 입회시키는 행위입니다. 증언을 수행하는 과정에서 중대한 용기와 결단이 수반되는 이유가 거기에 있습니다. 증언-말하기는 언제나 그것이 진실이 아닐 수 있다는 타인의 의혹과 공세를 예비하고 있어야 합니다. 증언이 주체에게 중대한 영향을 끼치는 수행적 자기-발화일 수밖에 없는 이유 역시 그 때문입니다. 증인이 증언을 하는 것이 아니라 증언의 실천을 통해 비로소 우리가 진실을 향한 주체, 즉 증인으로 거듭나는 것입니다.

셋째, 증언에 내포된 가장 결정적인 고유성은 그것이 언제나 타자의 진실에 관한 증언일 수밖에 없다는 데 있습니다. 증언이 회고나 고백과 결정적으로 분기되는 지점도 바로 여기에 있습니다. 증언의 주체는 제3자의 위치에서 진실에 접근해야 합니다. 이것은 증언이 이루어지기 위한 윤리적 자격과도 밀접하게 관련됩니다. 누군가가 자기 자신의 내밀한 진실에 관해 증언한다고 가정할 때, 그 말은 발화 주체의 자기 자신에 관한 편견과 이해관계, 그리고 스스로에게 투사되는 주관적 편애와 구분되기 어려워집니다. 이것은 증언자가 철저히 중립적인 위치에 서야 한다는 것을 뜻하지는 않습니다. 증언의 주체는 자신이 생각하는 진실 쪽으로 편향된 존재이고, 이 편향 속에서 진실을 알리기 위해 결단한 사람입니다. 다만 그 진실이 자기 자신을 향할 때, 증언을 지탱하는 진실의 윤리적 토대가 붕괴된다는 뜻입니다. 이것은 자기 자신을 증언한다는 행위가 근본적으로 불가능함을 지시합니다. 자기 자신에 대한 증언이 진리로서 정립될 수 있는 발화는 신의 언어뿐입니다.*

그렇다면 이것은 시의 자기 증언의 불가능성을 강조하는 것일까요? 어쩌면 우리는 이처럼 불가능한 자기 자신에 대한 증언이 예외적으로 시도될 수 있는 자리에서 '시의 말'을 다시 발견할 수 있을지도 모릅니다. 시에 특별한 증언의 권리가 보장되어 있어서도, 시가 세속을 초월한 언어를 감히 넘보고 있어서도 아닙니다. 시인이 아무리 현실을 부정하고 세상의 언어로는 드러낼 수 없는 미지의 진실을 지향한다고 하더라도, 결국 시가 되돌아오는 곳은 여전히 현실의 땅입니다. 현실로 귀환한 시인이 깨닫게 되는 것은 스스로가 자기 시의 온전한 주권자가 아니라는 사실입니다. 이러한 자각 안에서 시인이 자기 자신의 증인으로 변모하게 되는 순간은 자기 자신의 말에 드리워져 있는 타자의 얼굴을 발견할 때입니다. 시적 언어의 익명성을 전면화하는 시적 체험의 시간 속에서 자기 자신의 타자화를 경험했다고 할 수도 있고, 미지의 국면 속에 깃들어 있는 타자의 언어를 듣게 된다고 말해도 좋습니다. 자신의 시에 관해 결벽증적으로 인색했던 김수영이 스스로에 대해 기뻐했던 드문 순간도 바로 그때입니다. "딴사람의 시같이 될 것이다. 딴사람—참 좋은 말이다. 나는

* 기독교에서 유일신의 이름에 해당하는 야훼에 내포된 의미가 바로 그 신성하고도 초월적인 존재의 자기 증언이라는 사실은 단순한 우연이 아닐 것입니다. "모세가 하나님께 아뢰되 내가 이스라엘 자손에게 가서 이르기를 너희의 조상의 하나님이 나를 너희에게 보내셨다 하면 그들이 내게 묻기를 그의 이름이 무엇이냐 하리니 내가 무엇이라고 그들에게 말하리이까. 하나님이 모세에게 이르시되 나는 스스로 있는 자이니라"(「출애굽기」 3장 13~14절).

이 말에 입을 맞춘다."*

자기 자신의 시 속에서 딴사람의 얼굴을 발견하는 가운데 시인은 스스로에 대한 진실의 목격자이자 이방인으로 거듭납니다. 이처럼 시인들이 타자의 시선으로 자신의 시를 바라본다는 것은 단순한 수사적 과장이 아닐 것입니다. 현대 시의 유력한 강령 중 하나인 랭보의 '나는 타자다(Je est un autre)'라는 선언이 지시하는 바도 그와 멀지 않습니다. 1인칭 나와 타자를 어색하게 매개하는 3인칭 계사(est)는, 시적인 체험으로 초래되는 변화에 의한 자기 자신의 익명화를 가리키며, 동시에 그 익명화된 자리에 스며들어올 수 있는 미지의 타자를 예비하고 있습니다. 그렇다면 이렇게도 말할 수 있을 것입니다. 내가 이미 시인이라서 시를 쓰는 것이 아니라, 시적인 말에 의해 이루어지는 효과(시적 체험)로 인해 매 순간 새로운 미지의 존재(타자)로 탄생한다고 말입니다. 시인이 단지 시를 쓰는 방법에 숙련된 기술적 전문가를 지칭하는 말이 아닌 이유도 그 때문입니다. 그에게 어떤 전문적 역량이 있다면, 그것은 바로 저 미지의 사건에 참여할 수 있는 남다른 용기, 그러한 참여 속에서 스스로의 변화를 허용할 수 있는 개방성, 자기 자신의 자아를 배려하며 비울 수 있는 고도의 사유와 감각적 테크닉, 그리고 그로부터 주체와 타자의 진

* 김수영, 「생활의 극복」, 『김수영 전집 2』, 민음사, 2003, p. 96.

실을 발견할 수 있다는 단단한 신념입니다.

시의 말은 변화와 함께 이루어지는 자기 자신의 익명화·타자화 속에서, 세계와 현실의 진리와는 다른 진실을 증언하려는 시도입니다. 시가 지속적으로 질문하는 것, 끊임없이 부정하는 것은 진리와 상식이라는 이름으로 자행되는 말과 사물에 대한 거친 탄압이며, 현실의 폭력을 정당화하는 편협한 믿음의 기제들입니다. 철학자 비트겐슈타인은 세계에 대한 앎과 앎에 대한 확신을 구분해서 생각해야 한다고 주장했는데, 그것은 세계에 대한 앎이 사실상 앎에 대한 근거 없는 믿음에 기반하는 경우가 많기 때문입니다. "우리들은 항상 '나는 내가 안다고 믿었다'라는 표현을 망각한다."* 스스로를 반문하지 않는 앎은, 자신 안에 내포되어 있는 믿음의 기제를 되묻지 않는, 완강하고 폐쇄적인 종교적 원리주의와 다른 것이 아닙니다.

반면 시가 우리에게 건네는 말의 진실, 시적인 앎이라고 할 수 있는 것은 정반대의 방향으로 진행되는 것인지도 모르겠습니다. 시는 모든 확신에 관해 의문을 표합니다. 시에 허용되는 유일한 확신이라는 게 있다면, 우리가 스스로의 앎에 대한 확신을 무효화하지 않는다면 그것이 스스로에 대한 억압과 구속의 계기로 되돌아올 것이라

* 루드비히 비트겐슈타인, 『확실성에 관하여』, 이영철 옮김, 책세상, 2006, p. 20.

는 확신입니다. 앎의 확신에 포섭되지 않는 미지의 영역이 있다는 확신, 그리고 그것이 결코 제거되고 배제될 수 없을 것이라는 신념이 미지에 대한 증언으로 시를 이끕니다. 시가 현실과 경합하며 저항하는 자리도 여기에 있는 것 같습니다. 모든 앎을 미지로 되돌리려는 증언-말하기를 위해 시는 고쳐 말하고 다시 말하는 실패의 시간을 거듭하며, 모든 공인된 현실의 밑자리를 개시합니다.

이처럼 반복되는 미지에 대한 증언을 통해 우리는 새로운 세계를 꿈꿀 수 있는 가능성을 얻습니다. 그런 의미에서 시의 말은 미지에 대한 증언이면서, 동시에 미지를 향한 증언이기도 합니다. 시적 증언에 포함된 전망적 성격은, 시가 현재의 한계 속에서 동시에 미래를 함께 본다는 의미까지도 내포합니다. 법정에서의 증언과 시적 증언이 결정적으로 구별되는 지점도 여기입니다. 법적 증언이 철저히 과거의 진실에 대한 것이라면, 시는 과거나 현재에 관해 말하는 순간에도 이미 자신도 알지 못하는 미래의 타자를 향해 말을 건넵니다. 시가 증언하는 미지의 진실이, 알려지지 않은 시간, 도래하지 않은 시간으로서의 미래를 함축하고 있기 때문입니다. 아직 적합한 시제를 부여받지 못한 미정형의 시간을 향한 집중 속에서 시는 예측하지 않고, 예견하지 않으면서도 미래를 향해 말을 건네고, 미래를 향한 증언을 수행할 수 있습니다. 그 증언의 메시지를 우리는 희망이라고 이름 붙일 수 있을 것입니다.

어떤 이는 말[言]을 부리고 어떤 이는 말과 놀고 어떤 이는 말을 지어 아프고 어떤 이는 말과 더불어 평화스럽다. 말은 나를 데리고 어디로 가고 말은 나를 끌고 당신에게로 가곤 했다. 더운 말 차가운 말, 꿈과 불과 어둠과 전쟁의 말. 나는 나를 부리고 간 말들이 이를테면 2003년 가을 어느 날, 경찰이 되어 어린 딸아이와 늙은 어미를 먹이기 위해 검문소 앞에 줄을 서 있다 폭탄 테러를 당해서 죽은 한 이라크인을 위해 있었으면 했다. 말로 평화를 이루지 못한 좌절의 경험이 이 현대사에는 얼마든지 있으며 앞으로도 그럴 것이다. 그러나 거대정치의 이름으로 사람을 죽이는 사람이여, 말이 그대를 불러 평화하기를, 그리고 그 평화 앞에서 사람이라는 인종이 제 종(種)을 얼마든지 언제든지 살해할 수 있는 종이라는 것을 기억하기를. 어떤 의미에서 인간이라는 종은 '살기/살아남기'의 당위를 자연 앞에서 상실했는지도 모르겠다. 그러나 이런 비관적인 세계 전망의 끝에 도사리고 있는 나지막한 희망, 그 희망을 그대에게 보낸다. 한 도시가 세워지고 사람들이 한 세상을 그곳에서 살고 그리고 사라진다는, 혹은 반드시 사라진다는 이 롱 뒤레의 인식이 비극적인가? 그렇다면 이것은 인간적인 그리고 자연적인 비극이다. 그러므로 그 비극은 비극적이지 않다.

부기(附記): 어떤 의미에서는 뒤로 가는 실험을 하는 것이 앞으로 가는 실험과 비교해서 뒤지지 않을 수도 있다. 뒤로 가나 앞으로 가나 우리들 모두는 둥근 공처럼 생긴 별에 산다. 만난다, 어디에선가.*

이제는 우리 곁에 없는 한 시인이 과거에 쓴 글을 읽으며, 우리는 시인의 부재와 함께 남겨진 말이 미래(우리의 현재)를 향해 건네는 증언의 메시지를 동시에 듣습니다. 시의 말이 증언하는 20년 전의 현재(우리의 과거)는 곳곳에서 "폭탄 테러"로 사람들이 억울하게 희생당하고, "거대정치의 이름으로 사람을 죽이는 사람"들이 세상을 지배하는 중입니다. 사방에서 벌어지는 "전쟁의 말" 한가운데에 놓여 있는 시의 말은 자신이 속해 있는 현재와의 어긋남을 호소하고, 결코 동일시될 수 없는 현실의 말을 어둡고 비관적 어조로 증언하는 중입니다. 시의 말에서 느껴지는 비관적 뉘앙스는, 우리의 현재(시인의 미래)를 되돌아볼 때 더욱 심화될 수밖에 없습니다. 마치 영원히 끝날 수 없다는 듯 인간이 인간을 탄압하고 학살하는 전쟁은 도처에서 반복되고 있고, 여전히 찾아오지 않는 평화는 우리에게 "좌절의 경험"을 되풀이하도록 강요하는 것

* 허수경, 『청동의 시간 감자의 시간』 뒤표지 글, 문학과지성사, 2005.

같습니다. 과거와 현재 사이의 연속성이 전면화하는 말의 고통은, 인간이라는 종의 당위성 자체까지도 냉소적으로 바라볼 계기를 제공합니다.

하지만 시의 말이 우리에게 건네는 메시지가 비관주의적 전망이 아님은 분명합니다. 시의 말이 현실에 자주 절망하고, 절망의 고통을 자신의 육체(말)로 보여주는 일에 집중하는 이유는 그 고통이 끝내 소진시킬 수 없을 인간의 존엄과 역량 속에서 어떤 진실을 보았음을 증언하기 위해서입니다. "비관적인 세계 전망의 끝에 도사리고 있는 나지막한 희망"은 철저하고도 냉정한 비관을 경유해야만 겨우 만날 수 있는 미지의 희망, 결코 소멸될 수 없는 진실의 다른 이름입니다. 시인이 자신의 언어에게 주도권을 넘겨주고 그것이 어디로 가는지를 나지막이 지켜본다는 말은, 그것이 한 번도 만난 적 없는 누군가의 삶에까지 도달할 수 있으리라는 단단한 긍정과 신뢰의 표현입니다. 그러므로 우리 사회가 시를 포기하지 않았다는 것은, 미래를 향해 시가 건네는 희망의 증언에 귀 기울이는 사람들이 아직 남아 있음을 증거하며, 여전히 인간에 대한 믿음이 포기되지 않고 있음을 증언합니다. 그 증언의 진실성을 신뢰하는 증인들이 사라지지 않는다면, 시의 말이 촉구하는 진실에 대한 비전과 함께 시는 우리를 끌고, 기어이 미래로 갈 것입니다. 그리고 우리는 시의 말이 증언하는 저 알려지지 않은 시간의 "어디에선가", 어떻게든 다시, 만날 수 있을 것입니다.

수록 시인 소개

강성은 경북 의성 출생. 2005년 문학동네 신인상에 「12월」 외 5편의 시가 당선되며 작품 활동 시작. 시집 『구두를 신고 잠이 들었다』 『단지 조금 이상한』 『Lo-fi』 『별일 없습니다 이따금 눈이 내리고요』 등이 있음.

강혜빈 2016년 문학과사회 신인문학상을 통해 작품 활동 시작. 시집 『밤의 팔레트』 『미래는 허밍을 한다』 등이 있음.

곽효환 1967년 전북 전주 출생. 1996년 『세계일보』에 「벽화 속의 고양이 3」을, 2002년 『시평』에 「수락산」 외 5편을 발표하며 작품 활동 시작. 시집 『인디오 여인』 『지도에 없는 집』 『슬픔의 뼈대』 『너는』 『소리 없이 울다 간 사람』 등이 있음.

권 박 1983년생. 2012년 문학사상 신인문학상을 통해 작품 활동 시작. 시집 『이해할 차례이다』 『아름답습니까』 『사랑과 시작』이 있음.

기 혁 1979년 경남 진주 출생. 2010년 『시인세계』 신인상 시 부문, 2013년 『세계일보』 신춘문예 평론 부문에 당선되어 작품 활동 시작. 시집 『모스크바예술극장의 기립 박수』 『소피아 로렌의 시간』 『다음 창문에 가장 알맞은 말을 고르시오』 등이 있음.

김경후 1998년 『현대문학』을 통해 작품 활동을 시작. 시집 『그날 말이 돌아오지 않는다』 『열두 겹의 자정』 『오르간, 파이프, 선인장』 『어느 새벽, 나는 리어왕이었지』 『울려고 일어난 겁니다』 등이 있음.

김광규 1941년 서울 출생. 1975년 『문학과지성』을 통해 작품 활동 시작. 시집 『우리를 적시는 마지막 꿈』 『아니다 그렇지 않다』 『크낙산의 마음』 『좀팽이처럼』 『아니리』 『물길』 『가진 것 하나도 없지만』 『처음 만나던 때』 『시간의 부드러운 손』 『하루 또 하루』 『오른손이 아픈 날』 『그저께 보낸 메일』 등이 있음.

김기택 1957년 경기도 안양 출생. 1989년 『한국일보』 신춘문예로 작품 활동 시작. 시집 『태아의 잠』 『바늘구멍 속의 폭풍』 『사무원』 『소』 『껌』 『갈라진다 갈라진다』 『울음소리만 놔두고 개는 어디로 갔나』 『낫이라는 칼』 등이 있음.

김리윤 2019년 문학과사회 신인문학상을 통해 작품 활동 시작. 시집 『투명도 혼합 공간』 등이 있음.

김명인 1946년 경북 울진 출생. 1973년 『중앙일보』 신춘문예에 「출항제」가 당선되며 작품 활동 시작. 시집 『東豆川』 『머나먼 곳 스와니』 『물 건너는 사람』 『푸른 강아지와 놀다』 『바닷가의 장례』 『길의 침묵』 『바다의 아코디언』 『파문』 『꽃차례』 『여행자 나무』 『기차는 꽃그늘에 주저앉아』 『이 가지에서 저 그늘로』 『오늘은 진행이 빠르다』 등이 있음.

김민정 1999년 문예중앙 신인문학상을 통해 작품 활동 시작. 시집 『날으는 고슴도치 아가씨』 『그녀가 처음, 느끼기 시작했다』 『아름답고 쓸모없기를』 『너의 거기는 작고 나의 여기는 커서 우리들은 헤어지는 중입니다』 등이 있음.

김선재 1971년 통영 출생. 2006년 『실천문학』에 소설을, 2007년 『현대문학』에 시를 발표하며 작품 활동 시작. 시집 『얼룩의 탄생』 『목성에서의 하루』 등이 있음.

김선오 1992년 서울 출생. 2020년 시집 『나이트 사커』로 작품 활동 시작. 시집 『나이트 사커』 『세트장』 등이 있음.

김소연 1993년 『현대시사상』에 「우리는 찬양한다」 등을 발표하며 작품 활동 시작. 시집 『극에 달하다』 『빛들의 피곤이 밤을 끌어당긴다』 『눈물이라는 뼈』 『수학자의 아침』 『i에게』 『촉진하는 밤』 등이 있음.

김승일 1987년 경기도 과천 출생. 2009년 『현대문학』 신인추천을 통해 작품 활동 시작. 시집 『에듀케이션』 『여기까지 인용하세요』 『항상 조금 추운 극장』 등이 있음.

김중식 1967년 인천 출생. 1990년 『문학사상』에 「아직도 신파적인 일들이」 등을 발표하며 작품 활동 시작. 시집 『황금빛 모서리』 『울지도 못했다』 등이 있음.

김 안 1977년 서울 출생. 2004년 『현대시』를 통해 작품 활동 시작. 시집 『오빠생각』 『미제레레』 『아무는 밤』 『Mazeppa』 등이 있음.

김 언 1998년 『시와사상』으로 작품 활동 시작. 시집 『숨쉬는 무덤』 『거인』 『소설을 쓰자』 『모두가 움직인다』 『한 문장』 『너의 알다가도 모를 마음』 『백지에게』 등이 있음.

김용택 1948년 전북 임실 출생. 1982년 『꺼지지 않는 횃불로』에 시를 발표하며 작품 활동 시작. 시집 『섬진강』 『맑은 날』 『꽃산 가는 길』 『강 같은 세월』 『그 여자네 집』 『나무』 『그래서 당신』 『수양버들』 『키스를 원하지 않는 입술』 『울고 들어온 너에게』 『나비가 숨은 어린나무』 『모두가 첫날처럼』 등이 있음.

김유림 2016년 현대시학 신인상을 통해 작품 활동 시작. 시집 『양방향』 『세 개 이상의 모형』 『별세계』 등이 있음.

김이강 2006년 『시와 세계』를 통해 작품 활동 시작. 시집 『당신 집에서 잘 수 있나요?』 『타이피스트』 『트램을 타고』 등이 있음.

김정환 1954년 서울 출생. 1980년 『창작과비평』을 통해 작품 활동 시작. 시집 『지울 수 없는 노래』 『황색예수 1·2·3』(합본 『황색예수』, 2018), 『회복기』 『좋은 꽃』 『해방서시』 『우리, 노동자』 『기차에 대하여』 『사랑, 피티』 『희망의 나이』 『하나의 이인무와 세 개의 일인무』 『노래는 푸른 나무 붉은 잎』 『텅 빈 극장』 『순금의 기억』 『김정환 시집 1980~1999』 『해가 뜨다』 『하노이-서울 시편』 『레닌의 노래』 『드러남과 드러냄』 『거룩한 줄넘기』 『유년의 시놉시스』 『거푸집 연주』 『내 몸에 내려앉은 지명(地名)』 『소리 책력(冊曆)』 『개인의 거울』 『자수견본집』 『황색예수

2—거리 디자인』 등이 있음.

김중일 2002년 『동아일보』 신춘문예로 작품 활동 시작. 시집 『국경꽃집』 『아무튼 씨 미안해요』 『내가 살아갈 사람』 『가슴에서 사슴까지』 『유령시인』 『만약 우리의 시 속에 아침이 오지 않는다면』 등이 있음.

김행숙 1970년 서울 출생. 1999년 『현대문학』을 통해 작품 활동 시작. 시집 『사춘기』 『이별의 능력』 『타인의 의미』 『에코의 초상』 『1914년』 『무슨 심부름을 가는 길이니』 등이 있음.

김형영 1944년 전북 부안 출생. 1966년 『문학춘추』 신인 작품 모집, 1967년 문공부 신인예술상에 각각 당선되어 작품 활동 시작. 시집 『침묵의 무늬』 『모기들은 혼자서도 소리를 친다』 『다른 하늘이 열릴 때』 『기다림이 끝나는 날에도』 『새벽달처럼』 『홀로 울게 하소서』 『낮은 수평선』 『나무 안에서』 『땅을 여는 꽃들』 『화살시편』 등이 있음. 2021년 작고.

김혜순 1979년 『문학과지성』으로 작품 활동 시작. 시집 『또 다른 별에서』 『아버지가 세운 허수아비』 『어느 별의 지옥』 『우리들의 陰畵』 『나의 우파니샤드, 서울』 『불쌍한 사랑 기계』 『달력 공장 공장장님 보세요』 『한 잔의 붉은 거울』 『당신의 첫』 『슬픔치약 거울크림』 『피어라 돼지』 『죽음의 자서전』 『날개 환상통』 『지구가 죽으면 달은 누굴 돌지?』 등이 있음.

류인서 경북 영천 출생. 2001년 계간 『시와시학』으로 작품 활동 시작. 시집 『그는 늘 왼쪽에 앉는다』 『여우』 『신호대기』 『놀이터』가 있음.

마종기 1939년 일본 도쿄 출생. 1959년 『현대문학』 추천으로 작품 활동 시작. 시집 『조용한 개선』 『두번째 겨울』 『평균율』(공동 시집: 1권 1968, 2권 1972), 『변경의 꽃』 『안 보이는 사랑의 나라』 『모여서 사는 것이 어디 갈대들뿐이랴』 『그 나라 하늘빛』 『이슬의 눈』 『새들의 꿈에서는 나무 냄새가 난다』 『우리는 서로 부르고 있는 것일까』 『하늘의 맨살』 『마흔두 개의 초록』 『천사의 탄식』 등이 있음.

박라연 전남 보성 출생. 1990년 『동아일보』 신춘문예에 「서울에 사는 평강공주」가 당선되어 작품 활동 시작. 시집 『서울에 사는 평강공주』 『생밤 까주는 사람』 『너에게 세들어 사는 동안』 『공중 속의 내 정원』 『우주 돌아가셨다』 『빛의 사서함』 『노랑나비로 번지는 오후』 『헤어진 이름이 태양을 낳았다』 『아무것도 안 하는 애인』 등이 있음.

박미란 강원도 태백 황지 출생. 1995년 『조선일보』 신춘문예를 통해 작품 활동 시작. 시집 『그때는 아무것도 몰랐다』 『누가 입을 데리고 갔다』가 있음.

박세미 2014년 『서울신문』 신춘문예를 통해 작품 활동 시작. 시집 『내가 나일 확률』 『오늘 사회 발코니』 등이 있음.

박 준 1983년 서울 출생. 2008년 『실천문학』으로 작품 활동 시작. 시집 『당신의 이름을 지어다가 며칠은 먹었다』 『우리가 함께 장마를 볼 수도 있겠습니다』 등이 있음.

박지일 2020년 『경향신문』 신춘문예로 작품 활동 시작. 시집 『립싱크 하이웨이』가 있음.

백은선 1987년 서울 출생. 2012년 문학과사회 신인문학상을 통해 작품 활동 시작. 시집 『가능세계』 『아무도 기억하지 못하는 장면들로 만들어진 필름』 『도움받는 기분』 『상자를 열지 않는 사람』 등이 있음.

변혜지 2021년 『세계일보』 신춘문예를 통해 작품 활동 시작. 시집 『멸망한 세계에서 살아남는 법』이 있음.

성기완 1967년 서울 출생. 1994년 『세계의 문학』 가을호에 시를 발표하며 작품 활동 시작. 시집 『쇼핑 갔다 오십니까?』 『유리 이야기』 『당신의 텍스트』 『ㄹ』 『11월』 『빛과 이름』 등이 있음.

성윤석 1990년 『한국문학』 신인상을 통해 작품 활동 시작. 시집 『극장이 너무 많은 우리 동네』 『공중 묘지』 『멍게』 『밤의 화학식』 『2170년 12월 23일』 『그녀는 발표도 하지 않을 글을 계속 쓴다』 등이 있음.

송재학 1955년 경북 영천 출생. 1986년 『세계의 문학』에 시를 발표하며 작품 활동 시작. 시집 『얼음시집』 『살레시오네 집』 『푸른빛과 싸우다』 『기억들』 『진흙 얼굴』 『그가 내 얼굴을 만지네』 『내간체를 얻다』 『날짜들』 『검은색』 『슬프다 풀 끗혜 이슬』 『아침이 부탁했다, 결혼식을』 등이 있음.

신영배 1972년 충남 태안 출생. 2001년 『포에지』에 시를 발표하며 작품 활동 시작. 시집 『기억이동장치』 『오후 여섯 시에 나는 가장 길어진다』 『물속의 피아노』 『그 숲에서 당신을 만날까』 『물모자를 선물할게요』 『물안경 달밤』 『젤소미나가 사는 집』 등이 있음.

신해욱 1998년 『세계일보』 신춘문예를 통해 작품 활동 시작. 시집 『간결한 배치』 『생물성』 『syzygy』 『무족영원』 등이 있음.

심지아 2010년 『세계의 문학』 신인상을 통해 작품 활동 시작. 시집 『로라와 로라』 『신발의 눈을 꼭 털어주세요』 등이 있음.

안미린 서울 출생. 2012년 『세계의 문학』 신인상을 통해 작품 활동 시작. 시집 『빛이 아닌 결론을 찢는』 『눈부신 디테일의 유령론』 등이 있음.

안태운 1986년 전북 전주 출생. 2014년 문예중앙 신인문학상을 수상하며 작품 활동 시작. 시집 『감은 눈이 내 얼굴을』 『산책하는 사람에게』 등이 있음.

오 은 1982년 전북 정읍 출생. 2002년 봄 『현대시』를 통해 작품 활동 시작. 시집 『호텔 타셀의 돼지들』 『우리는 분위기를 사랑해』 『유에서 유』 『왼손은 마음이 아파』 『나는 이름이 있었다』 『없음의 대명사』 등이 있음.

위선환 1941년 전남 장흥 출생. 1960년 서정주, 박두진이 선(選)한 용아문학상을 받으며 작품 활동 시작. 시집 『나무들이 강을 건너갔다』 『눈덮인 하늘에서 넘어지다』 『새떼를 베끼다』 『위선환 시집』 『두근거리다』 『탐진강』 『수평을 가리키다』『시작하는 빛』『나무 뒤에 기대면 어두워진다』『서정시선』 등이 있음.

유희경 1980년 서울 출생. 2008년 『조선일보』 신춘문예를 통해 작품 활동 시작. 시집 『오늘 아침 단어』『당신의 자리—나무로 자라는 방법』『우리에게 잠시 신이었던』『이다음 봄에 우리는』『겨울 밤 토끼 걱정』 등이 있음.

윤병무 1966년 서울 출생. 1995년 가을 동서문학 신인상을 통해 작품 활동 시작. 시집 『5분의 추억』『고단』『당신은 나의 옛날을 살고 나는 당신의 훗날을 살고』 등이 있음.

윤은성 1987년 전남 해남 출생. 2017년 문학과사회 신인문학상을 통해 작품 활동 시작. 시집 『주소를 쥐고』 등이 있음.

윤지양 2017년 『한국일보』 신춘문예를 통해 작품 활동 시작. 시집 『스키드』 등이 있음.

이기리 「그 웃음을 나도 좋아해」 외 55편으로 2020년 김수영문학상을 수상하며 작품 활동 시작. 시집 『그 웃음을 나도 좋아해』『젖은 풍경은 잘 말리기』 등이 있음.

이기성 1998년 『문학과사회』에 「지하도 입구에서」 외 3편을 발표하며 작품 활동 시작. 시집 『불쑥 내민 손』『타일의 모든 것』『채식주의자의 식탁』『사라진 재의 아이』『동물의 자서전』 등이 있음.

이린아 1988년 서울 출생. 2018년 『조선일보』 신춘문예를 통해 작품 활동 시작. 시집 『내 사랑을 시작한다』가 있음.

이민하 2000년 『현대시』를 통해 작품 활동 시작. 시집 『환상수족』 『음악처럼 스캔들처럼』 『모조 숲』 『세상의 모든 비밀』 『미기후』 등이 있음.

이병률 1995년 『한국일보』 신춘문예에 「좋은 사람들」 「그날엔」이 당선되어 작품 활동 시작. 시집 『당신은 어딘가로 가려 한다』 『바람의 사생활』 『찬란』 『눈사람 여관』 『바다는 잘 있습니다』 『이별이 오늘 만나자고 한다』 등이 있음.

이설빈 1989년 서울 출생. 2014년 문학과사회 신인문학상을 통해 작품 활동 시작. 시집 『울타리의 노래』가 있음.

이성미 2001년 『문학과사회』에 「나는 쓴다」 외 3편을 발표하며 작품 활동 시작. 시집 『너무 오래 머물렀을 때』 『칠 일이 지나고 오늘』 『다른 시간, 다른 배열』 등이 있음.

이소호 2014년 『현대시』를 통해 작품 활동 시작. 시집 『캣콜링』 『불온하고 불완전한 편지』 『홈 스위트 홈』 등이 있음.

이수명 1965년 서울 출생. 1994년 『작가세계』로 작품 활동 시작. 시집 『새로운 오독이 거리를 메웠다』 『왜가리는 왜가리 놀이를 한다』 『붉은 담장의 커브』 『고양이 비디오를 보는 고양이』 『언제나 너무 많은 비들』 『마치』 『물류창고』 『도시가스』 등이 있음.

이시영 1949년 전남 구례 출생. 1969년 『중앙일보』 신춘문예에 시조가, 『월간문학』 신인작품공모에 시가 당선되어 작품 활동 시작. 시집 『만월』 『바람 속으로』 『길은 멀다 친구여』 『이슬 맺힌 노래』 『무늬』 『사이』 『조용한 푸른 하늘』 『은빛 호각』 『바다 호수』 『아르갈의 향기』 『우리의 죽은 자들을 위해』 『경찰은 그들을 사람으로 보지 않았다』 『호야네 말』 『하동』 『나비가 돌아왔다』 등이 있음.

이영광 1965년 경북 의성 출생. 1998년 『문예중앙』에 「빙폭」 등이 당선되며 작품 활동 시작. 시집 『직선 위에서 떨다』 『그늘과 사귀다』 『아픈 천국』 『나무는 간다』 『끝없는 사람』 『해를 오래 바라보았다』 『깨끗하게 더러워지지 않는다』 등이 있음.

이영주 1974년 서울 출생. 2000년 『문학동네』로 작품 활동 시작. 시집 『108번째 사내』 『언니에게』 『차가운 사탕들』 『어떤 사랑도 기록하지 말기를』 『여름만 있는 계절에 네가 왔다』 『그 여자 이름이 나하고 같아』 『좋은 말만 하기 운동 본부』 등이 있음.

이우성 2009년 『한국일보』 신춘문예를 통해 작품 활동 시작. 시집 『나는 미남이 사는 나라에서 왔어』 『내가 이유인 것 같아서』 등이 있음.

이 원 1968년 경기도 화성 출생. 1992년 『세계의 문학』 가을호에 「시간과 비닐봉지」 외 3편을 발표하며 작품 활동 시작. 시집 『그들이 지구를 지배했을 때』 『야후!의 강물에 천 개의 달이 뜬다』 『세상에서 가장 가벼운 오토바이』 『불가능한 종이의 역사』 『사랑은 탄생하라』 『나는 나의 다정한 얼룩말』 등이 있음.

이자켓 2019년 대산대학문학상을 통해 작품 활동 시작. 시집 『거침없이 내성적인』이 있음.

이장욱 1994년 『현대문학』을 통해 작품 활동 시작. 시집 『내 잠속의 모래산』 『정오의 희망곡』 『생년월일』 『영원이 아니라서 가능한』 『동물입니까 무엇일까요』 『음악집』 등이 있음.

이제니 1972년 부산 출생. 2008년 『경향신문』 신춘문예에 「페루」가 당선되어 작품 활동 시작. 시집 『아마도 아프리카』 『왜냐하면 우리는 우리를 모르고』 『그리하여 흘려 쓴 것들』 『있지도 않은 문장은 아름답고』 등이 있음.

이지아 2000년에 월간문학 신인상(희곡 부문)을, 2015년에 쿨투라 신인상(시 부문)을 수상하며 작품 활동 시작. 시집 『오트 쿠튀르』 『이렇게나 뽀송해』 『아기 늑대와 걸어가기』 등이 있음.

이하석 1948년 경북 고령 출생. 1971년 『현대시학』 추천으로 작품 활동 시작. 시집 『투명한 속』 『金氏의 옆 얼굴』 『우리 낯선 사람들』 『측백나무 울타리』 『금요일엔 먼데를 본다』 『녹』 『고령을 그리다』 『것들』 『상응』 『연애間』 『천둥의 뿌리』 『향촌동 랩소디』 『다시 고령을 그리다』 『기억의 미래』 『해월, 길노래』 등이 있음.

이혜미 1988년 경기도 안양 출생. 2006년 중앙신인문학상을 통해 작품 활동 시작. 시집 『보라의 바깥』 『뜻밖의 바닐라』 『빛의 자격을 얻어』 『훔터 쿠키』 등이 있음.

임승유 2011년 문학과사회 신인문학상을 통해 작품 활동 시작. 시집 『아이를 낳았지 나 갖고는 부족할까 봐』 『그 밖의 어떤 것』 『나는 겨울로 왔고 너는 여름에 있었다』 등이 있음.

임지은 대전 출생. 2015년 문학과사회 신인문학상을 통해 작품 활동 시작. 시집 『무구함과 소보로』 『때때로 캥거루』 등이 있음.

장수진 1981년 서울 출생. 2012년 문학과사회 신인문학상에 「이란청년」 외 3편을 발표하며 작품 활동 시작. 시집 『사랑은 우르르 꿀꿀』 『그러나 러브스토리』 『순진한 삶』 등이 있음.

장승리 1974년 서울 출생. 2002년 중앙신인문학상을 통해 작품 활동 시작. 시집 『습관성 겨울』 『무표정』 『반과거』 등이 있음.

장 현 1994년 서울 출생. 2019년 제1회 박상륭상을 수상하며 작품 활동 시작. 시집 『22: Chae Mi Hee』가 있음.

정한아 1975년 경남 울산 출생. 2006년 『현대시』로 작품 활동 시작. 시집 『어른스런 입맞춤』 『울프 노트』 등이 있음.

정현종 1939년 서울 출생. 시집 『사물의 꿈』 『나는 별아저씨』

『떨어져도 튀는 공처럼』『사랑할 시간이 많지 않다』『한 꽃송이』『세상의 나무들』『갈증이며 샘물인』『견딜 수 없네』『광휘의 속삭임』『그림자에 불타다』『어디선가 눈물은 발원하여』 등이 있음.

조시현 2018년 실천문학 신인상에 단편 소설 「동양식 정원」이, 2019년 상반기에 현대시 신인상에 시 「섬」이 당선되어 작품 활동 시작. 시집 『아이들 타임』이 있음.

조용미 1990년 『한길문학』에 시를 발표하며 작품 활동 시작. 시집 『불안은 영혼을 잠식한다』『일만 마리 물고기가 山을 날아오르다』『삼베옷을 입은 자화상』『나의 별서에 핀 앵두나무는』『기억의 행성』『나의 다른 이름들』『당신의 아름다움』 등이 있음.

조 은 1960년 안동 출생. 1988년 『세계의 문학』에 「땅은 주검을 호락호락 받아주지 않는다」 등을 발표하며 작품 활동 시작. 시집 『땅은 주검을 호락호락 받아주지 않는다』『무덤을 맴도는 이유』『따뜻한 흙』『생의 빛살』『옆 발자국』 등이 있음.

진은영 1970년 대전 출생. 2000년 『문학과사회』에 「커다란 창고가 있는 집」 외 3편을 발표하며 작품 활동 시작. 시집 『일곱 개의 단어로 된 사전』『우리는 매일매일』『훔쳐가는 노래』『나는 오래된 거리처럼 너를 사랑하고』 등이 있음.

최두석 1956년 전남 담양 출생. 1980년 『심상』에 「김통정」 등을 발표하며 작품 활동 시작. 시집 『대꽃』『임진강』『성에꽃』『사람들 사이에 꽃이 필 때』『꽃에게 길을 묻는다』『투구꽃』『숨살이꽃』『두루미의 잠』 등이 있음.

최승호 춘천 출생. 시집 『대설주의보』『고슴도치의 마을』『세속도시의 즐거움』『그로테스크』『반딧불 보호구역』『아메바』『아무것도 아니면서 모든 것인 나』『방부제가 썩는 나라』 등이 있음.

최정진 1980년 전남 순천 출생. 2007년 실천문학 신인상을 통해 작품 활동 시작. 시집 『동경』『버스에 아는 사람이 탄 것 같다』 등이 있음.

하재연 2002년 문학과사회 신인문학상을 통해 작품 활동 시작. 시집 『라디오 데이즈』『세계의 모든 해변처럼』『우주적인 안녕』 등이 있음.

함성호 1963년 강원도 속초 출생. 1990년 『문학과사회』에 시를 발표하며 작품 활동 시작. 시집 『56억 7천만 년의 고독』『聖 타즈마할』『너무 아름다운 병』『키르티무카』『타지 않는 혀』가 있음.

허 연 1966년 서울 출생. 1991년 『현대시세계』 신인상을 통해 작품 활동 시작. 시집 『불온한 검은 피』『나쁜 소년이 서 있다』『내가 원하는 천사』『오십 미터』『당신은 언제 노래가 되지』 등이 있음.

황동규 1938년 서울 출생. 1958년 『현대문학』 추천으로 작품 활동 시작. 시집 『어떤 개인 날』『풍장』『외계인』『버클리

풍의 사랑 노래』『우연에 기댈 때도 있었다』『꽃의 고요』『겨울밤 0시 5분』『사는 기쁨』『연옥의 봄』『오늘 하루만이라도』 등이 있음.

황인숙 1958년 서울 출생. 1984년『경향신문』 신춘문예에「나는 고양이로 태어나리라」가 당선되어 작품 활동 시작. 시집『새는 하늘을 자유롭게 풀어놓고』『슬픔이 나를 깨운다』『우리는 철새처럼 만났다』『나의 침울한, 소중한 이여』『자명한 산책』『리스본行 야간열차』『못다 한 사랑이 너무 많아서』『내 삶의 예쁜 종아리』 등이 있음.

황혜경 2010년 문학과사회 신인문학상에「모호한 가방」 외 4편이 당선되며 작품 활동 시작. 시집『느낌 氏가 오고 있다』『나는 적극적으로 과거가 된다』『겨를의 미들』 등이 있음.

문학과지성 시인선 1~500

1	나는 바퀴를 보면 굴리고 싶어진다	황동규
2	안 보이는 사랑의 나라	마종기
3	나는 별아저씨	정현종
4	왕자가 아닌 한 아이에게	오규원
5	명궁	윤후명
6	모기들은 혼자서도 소리를 친다	김형영
7	무인도를 위하여	신대철
8	투명한 속	이하석
9	동두천	김명인
10	우리를 적시는 마지막 꿈	김광규
11	메이비	장영수
12	제주바다	문충성
13	뒹구는 돌은 언제 잠 깨는가	이성복
14	겨울 기도	정대구
15	바람이 바람을 불러 바람 불게 하고	최석하
16	이 시대의 사랑	최승자
17	또 다른 별에서	김혜순
18	여울목 비오리	김영태
19	이 땅에 씌어지는 서정시	오규원
20	섬에서 부른 마지막 노래	문충성
21	나를 깨우는 우리들 사랑	정인섭
22	작은 마을에서	최하림
23	신들의 옷	안수환
24	우울한 비상의 꿈	이태수
25	작아지는 너에게	홍영철
26	불꽃놀이	박이도
27	꿈꾸는 섬	송수권
28	시간은 이미 더 높은 곳에서	장영수
29	아니다 그렇지 않다	김광규
30	이 시대의 아벨	고정희
31	우리들의 왕	서원동
32	새들도 세상을 뜨는구나	황지우
33	네 사람의 얼굴	윤금초 외
34	살풀이	홍희표
35	김씨의 옆 얼굴	이하석

36	지상의 인간	박남철
37	아름다운 사냥	박덕규
38	떨어져도 튀는 공처럼	정현종
39	우리 이웃 사람들	홍신선
40	즐거운 일기	최승자
41	그리운 주막	박태일
42	대꽃	최두석
43	전쟁과 평화	이기철
44	아버지가 세운 허수아비	김혜순
45	나는 조국으로 가야겠다	백학기
46	고슴도치의 마을	최승호
47	그림자 없는 시대	이영유
48	앵무새의 혀	김현 엮음
49	무지리 사람들	정대구
50	크낙산의 마음	김광규
51	내 손금에서 자라나는 무지개	문충성
52	남해 금산	이성복
53	악어를 조심하라고?	황동규
54	결혼식과 장례식	김영태
55	모여서 사는 것이 어디 갈대들뿐이랴	마종기
56	당신의 방	이승훈
57	물 속의 푸른 방	이태수
58	조국의 달	이세방
59	다른 하늘이 열릴 때	김형영
60	가끔은 주목받는 생이고 싶다	오규원
61	저 들꽃들이 피어 있는	안수환
62	나비 같은, 아니아니, 빛 같은	장영수
63	물구나무서기	최석하
64	지리산의 봄	고정희
65	프리지아꽃을 들고	권혁진
66	사랑의 탐구	이승하
67	모자 속의 시들	박상배
68	떠나도 떠날 곳 없는 시대에	문충성
69	새는 하늘을 자유롭게 풀어놓고	황인숙
70	오장원의 가을	복거일

71	머나먼 곳 스와니	김명인
72	천로역정, 혹은	김정웅
73	좀팽이처럼	김광규
74	본동에 내리는 비	윤중호
75	얼음시집	송재학
76	칼과 흙	김준태
77	너는 왜 열리지 않느냐	홍영철
78	기억의 집	최승자
79	무진 일기	정인섭
80	입 속의 검은 잎	기형도
81	꿈에도 별은 찬밥처럼	이창기
82	다시 시작하는 나비	김정란
83	가을 악견산	박태일
84	세월의 거지	김갑수
85	물음표를 위하여	강창민
86	그 여름의 끝	이성복
87	성에꽃	최두석
88	비디오/천국	하재봉
89	온다던 사람 오지 않고	이재무
90	슬픔이 나를 깨운다	황인숙
91	폭우와 어둠 저 너머 시	한택수
92	안 보이는 너의 손바닥 위에	이태수
93	아니리	김광규
94	방아깨비의 꿈	문충성
95	서울 세노야	곽재구
96	우리들의 음화	김혜순
97	게 눈 속의 연꽃	황지우
98	서울에 사는 평강공주	박라연
99	시집	정남식
100	길이 끝난 곳에서 길은 다시 시작되고	김주연 엮음
101	몰운대행	황동규
102	사랑의 감옥	오규원
103	정선 아리랑	박세현
104	바람부는 날이면 압구정동에 가야 한다	유 하
105	태아의 잠	김기택

106	그 나라 하늘빛	마종기
107	속이 보이는 심연으로	최하림
108	붕붕거리는 추억의 한때	장석주
109	강 깊은 당신 편지	김윤배
110	햇빛이 있다	김휘승
111	열애 일기	한승원
112	새떼들에게로의 망명	장석남
113	두만강 여울 소리	김정호 외
114	한 꽃송이	정현종
115	기다림이 끝나는 날에도	김형영
116	그 바보들은 더욱 바보가 되어간다	이동순
117	첫사랑	강인봉
118	혼자 가는 먼 집	허수경
119	지독한 사랑	채호기
120	서울 1992년 겨울	이세방
121	측백나무 울타리	이하석
122	열 손가락에 달을 달고	이준관
123	운주사 가는 길	임동확
124	56억 7천만 년의 고독	함성호
125	먼지의 집	이윤학
126	지상에서 부르고 싶은 노래	이기철
127	꿈속의 사닥다리	이태수
128	호랑가시나무의 기억	이성복
129	프란체스코의 새들	고진하
130	황금빛 모서리	김중식
131	미시령 큰바람	황동규
132	설문대할망	문충성
133	내 무덤, 푸르고	최승자
134	금강에서	윤중호
135	사자 도망간다 사자 잡아라	장경린
136	생밤 까주는 사람	박라연
137	무늬	이시영
138	물길	김광규
139	가야 할 곳	안수환
140	나의 우파니샤드, 서울	김혜순

141 굴욕은 아름답다 김윤배
142 푸른빛과 싸우다 송재학
143 해가 지지 않는 쟁기질 차창룡
144 나는 이제 소멸에 대해서 이야기하련다 박형준
145 신성한 숲 조정권
146 푸른 강아지와 놀다 김명인
147 우리는 철새처럼 만났다 황인숙
148 10년 동안의 빈 의자 송찬호
149 벽을 문으로 임동확
150 슬픈 게이 채호기
151 바늘구멍 속의 폭풍 김기택
152 집에 돌아갈 날짜를 세어보다 이진명
153 길, 골목, 호텔 그리고 강물 소리 오규원
154 네 속의 나 같은 칼날 강유정
155 약쑥 개쑥 박태일
156 지금은 간신히 아무도 그립지 않을 무렵 장석남
157 치명적인 것들 박청호
158 소읍에 대한 보고 엄원태
159 붉은 열매를 가진 적이 있다 이윤학
160 사랑은 늘 혼자 깨어 있게 하고 한승원
161 세상의 나무들 정현종
162 그의 집은 둥글다 이태수
163 생명에서 물건으로 이승하
164 바다로 가는 서른세번째 길 박용하
165 대담한 정신 양진건
166 누군가 그의 잠을 빌려 심재상
167 남몰래 흐르는 눈물 김영태
168 가슴속을 누가 걸어가고 있다 홍영철
169 홀로 서서 별들을 바라본다 이영유
170 다시 쓸쓸한 날에 강윤후
171 긴 사랑 나해철
172 세운상가 키드의 사랑 유 하
173 글자 속에 나를 구겨넣는다 이선영
174 극장이 너무 많은 우리 동네 성윤석
175 치악산 박세현

176	그리운 102	원재훈
177	시를 쓰기 위하여	김연신
178	화려한 망사버섯의 정원	김신영
179	크고 헐렁헐렁한 바지	장석주
180	그들이 지구를 지배했을 때	이 원
181	금요일엔 먼데를 본다	이하석
182	희귀식물 엄지호	최석하
183	무덤을 맴도는 이유	조 은
184	황사바람 속에서	홍신선
185	죽은 자를 위한 기도	남진우
186	말괄량이 삐삐의 죽음	윤의섭
187	아직도 낯선 길가에 서성이다	유진택
188	중심이 푸르다	이나명
189	너에게 세들어 사는 동안	박라연
190	처형극장	강 정
191	풋사과의 주름살	이정록
192	극에 달하다	김소연
193	이슬의 눈	마종기
194	바닷가의 장례	김명인
195	따뜻한 말 속에 욕망이 숨어 있다	김윤배
196	외계인	황동규
197	새벽달처럼	김형영
198	이생이 담 안을 엿보다	이창기
199	불쌍한 사랑 기계	김혜순
200	시야 너 아니냐	성민엽·정과리 엮음
201	밤의 공중전화	채호기
202	개들의 예감	연왕모
203	빠지지 않는 반지	김길나
204	그런 의미에서	임후성
205	안동 시편	이태수
206	바닷가에서 보낸 한 철	문충성
207	사람들 사이에 꽃이 필 때	최두석
208	성 타즈마할	함성호
209	부드러운 감옥	이경임
210	카프카의 집	신중신

211	유리의 나날	이기철
212	옷걸이에 걸린 양	주창윤
213	쇼핑 갔다 오십니까?	성기완
214	가진 것 하나도 없지만	김광규
215	모험의 왕과 코코넛의 귀족들	서정학
216	나의 침울한, 소중한 이여	황인숙
217	식탁 위의 얼굴들	이철성
218	굴참나무숲에서 아이들이 온다	최하림
219	벌거벗은 자의 생을 위한 주머니 속의 시작 메모	배신호
220	어느 날 나는 흐린 주점에 앉아 있을 거다	황지우
221	버드나무 껍질에 세들고 싶다	이정록
222	나비를 보는 고통	박찬일
223	토마토는 붉다 아니 달콤하다	오규원
224	청춘	김태동
225	시인의 바깥에서	김연신
226	갈증이며 샘물인	정현종
227	노을 아래서 파도를 줍다	한승원
228	날다람쥐가 찾는 달빛	유진택
229	길의 침묵	김명인
230	아무렇지도 않게 맑은 날	진동규
231	평범에 바치다	이선영
232	나는 식물성이다	김규린
233	비 잠시 그친 뒤	허형만
234	지평선에 서서	김준태
235	내 마음의 풍란	이태수
236	영혼의 북쪽	박용하
237	그 나무는 새들을 품고 있다	이나명
238	버클리풍의 사랑 노래	황동규
239	붉은 눈, 동백	송찬호
240	일광욕하는 가구	최영철
241	아픈 곳에 자꾸 손이 간다	이윤학
242	그늘 반근	김영태
243	달력 공장 공장장님 보세요	김혜순
244	타오르는 책	남진우
245	발자국들이 남긴 길	고창환

246 한없는 밑바닥에서 장영수
247 공중 속의 내 정원 박라연
248 5분의 추억 윤병무
249 개마고원에서 온 친구에게 신대철
250 천일마화 유 하
251 해가 뜨다 김정환
252 허공 문충성
253 오늘 밤 잠들 곳이 마땅찮다 김점용
254 풍경 뒤의 풍경 최하림
255 야후!의 강물에 천 개의 달이 뜬다 이 원
256 아껴 먹는 슬픔 유종인
257 나이 들어가는 아내를 위한 자장가 복거일
258 부론에서 길을 잃다 김윤배
259 너무 아름다운 병 함성호
260 거미는 이제 영영 돼지를 만나지 못한다 김 중
261 황홀한 숲 조인선
262 바다의 아코디언 김명인
263 풀나라 박태일
264 수련 채호기
265 불멸의 샘이 여기 있다 김명리
266 새들의 꿈에서는 나무 냄새가 난다 마종기
267 나무 물고기 차창룡
268 우연에 기댈 때도 있었다 황동규
269 꽃 막대기와 꽃뱀과 소녀와 이윤학
270 둥근 밀떡에서 뜨는 해 김길나
271 처음 만나던 때 김광규
272 검객의 칼끝 이영유
273 꽃에게 길을 묻는다 최두석
274 발아래 비의 눈들이 모여 나를 씻을 수 있다면 이 찬
275 아, 입이 없는 것들 이성복
276 일곱 개의 단어로 된 사전 진은영
277 유리 이야기 성기완
278 사춘기 김행숙
279 넌 도돌이표다 심재상
280 따뜻한 흙 조 은

281	자명한 산책	황인숙
282	이 달콤한 감각	배용제
283	삼베옷을 입은 자화상	조용미
284	수도원 가는 길	조창환
285	이슬방울 또는 얼음꽃	이태수
286	시인, 시인들	김연신
287	카프카와 만나는 잠의 노래	박주택
288	한 잔의 붉은 거울	김혜순
289	고양이 비디오를 보는 고양이	이수명
290	그 바람을 다 걸어야 한다	신용목
291	사라진 손바닥	나희덕
292	낮은 수평선	김형영
293	불쑥 내민 손	이기성
294	소	김기택
295	누군가 다녀갔듯이	김영태
296	번개를 치다	정병근
297	나라고 할 만한 것이 없다	이창기
298	철갑 고래 뱃속에서	정남식
299	너무 오래 머물렀을 때	이성미
300	쨍한 사랑 노래	박혜경·이광호 엮음
301	새와 나무와 새똥 그리고 돌멩이	오규원
302	파문	김명인
303	교우록	유종인
304	미소는, 어디로 가시려는가	장석남
305	고향 길	윤중호
306	바다 속의 흰머리뫼	박남철
307	붉은 달은 미친 듯이 궤도를 돈다	윤의섭
308	그림자를 마신다	이윤학
309	청동의 시간 감자의 시간	허수경
310	토종닭 연구소	장경린
311	아나키스트	장석원
312	꽃의 고요	황동규
313	의자	이정록
314	어둠과 설탕	이승원
315	정오의 희망곡	이장욱

316	푸른 밤의 여로	김영남
317	꽃과 숨기장난	서상영
318	레바논 감정	최정례
319	것들	이하석
320	가재미	문태준
321	새벽 세 시의 사자 한 마리	남진우
322	흑백	이준규
323	우리는 서로 부르고 있는 것일까	마종기
324	호루라기	최영철
325	그가 말했다	장영수
326	호주머니 속의 시	임선기
327	라디오 데이즈	하재연
328	백 년 동안 내리는 눈	문충성
329	새떼를 베끼다	위선환
330	나는 나를 묻는다	이영유
331	혹독한 기다림 위에 있다	김윤배
332	바이칼 키스	신대철
333	시간의 부드러운 손	김광규
334	세상에서 가장 가벼운 오토바이	이 원
335	내 몸속에 잠든 이 누구신가	김선우
336	이별의 능력	김행숙
337	트랙과 들판의 별	황병승
338	나의 별서에 핀 앵두나무는	조용미
339	피아노	최하연
340	명랑하라 팜 파탈	김이듬
341	리스본행 야간열차	황인숙
342	두두	오규원
343	너는 어디에도 없고 언제나 있다	이윤학
344	귀한 매혹	양진건
345	당신의 첫	김혜순
346	슬픔이 없는 십오 초	심보선
347	음악처럼 스캔들처럼	이민하
348	달 긷는 집	한승원
349	당신의 텍스트	성기완
350	그늘의 발달	문태준

351	우리는 매일매일	진은영
352	광휘의 속삭임	정현종
353	키스	강 정
354	기담	김경주
355	회화나무 그늘	이태수
356	태양의 연대기	장석원
357	빛의 사서함	박라연
358	기다린다는 것에 대하여	정일근
359	고양이가 돌아오는 저녁	송찬호
360	우연을 점 찍다	홍신선
361	손가락이 뜨겁다	채호기
362	우리들의 진화	이근화
363	비파 소년이 사라진 거리	이철성
364	오후 여섯 시에 나는 가장 길어진다	신영배
365	생물성	신해욱
366	나무 안에서	김형영
367	꽃차례	김명인
368	시간의 동공	박주택
369	눈물이라는 뼈	김소연
370	그녀가 처음, 느끼기 시작했다	김민정
371	두근거리다	위선환
372	쓸쓸해서 머나먼	최승자
373	찬란	이병률
374	생의 빛살	조 은
375	상처적 체질	류 근
376	하늘의 맨살	마종기
377	마네킹과 천사	조창환
378	노래	조인선
379	지도에 없는 집	곽효환
380	찔러본다	최영철
381	비탈의 사과	연왕모
382	어떤 선물은 피를 요구한다	최치언
383	메롱메롱 은주	김점용
384	소문들	권혁웅
385	타일의 모든 것	이기성

386 토마토가 익어가는 계절 이준규
387 가을 파로호 김영남
388 키르티무카 함성호
389 경쾌한 유랑 이재무
390 하루 또 하루 김광규
391 말할 수 없는 애인 김이듬
392 삶이라는 직업 박정대
393 오늘 아침 단어 유희경
394 생각날 때마다 울었다 박형준
395 기억의 행성 조용미
396 허물어버린 집 문충성
397 눈앞에 없는 사람 심보선
398 겨울 숲으로 몇 발자국 더 이경임
399 언제나 너무 많은 비들 이수명
400 내 생의 중력 홍정선·강계숙 엮음
401 슬픔치약 거울크림 김혜순
402 클로로포름 송승환
403 캥거루는 캥거루고 나는 나인데 최정례
404 사랑이라는 재촉들 유종인
405 나를 울렸다 이윤학
406 죽은 눈을 위한 송가 이이체
407 세계의 모든 해변처럼 하재연
408 역진화의 시작 장석원
409 몰아 쓴 일기 박성준
410 에듀케이션 김승일
411 내가 원하는 천사 허 연
412 차가운 잠 이근화
413 나는 미남이 사는 나라에서 왔어 이우성
414 얼룩의 탄생 김선재
415 안개주의보 이용임
416 아무 날의 도시 신용목
417 갈라진다 갈라진다 김기택
418 불가능한 종이의 역사 이 원
419 여기 수선화가 있었어요 홍영철
420 처럼처럼 최규승

421 래여애반다라 이성복
422 사는 기쁨 황동규
423 신호대기 류인서
424 느낌 씨가 오고 있다 황혜경
425 곰아 곰아 진동규
426 슬프다 할 뻔했다 구광렬
427 팅커벨 꽃집 최하연
428 육체쇼와 전집 황병승
429 여행자 나무 김명인
430 단지 조금 이상한 강성은
431 모두가 움직인다 김 언
432 곡옥 김명수
433 물속의 피아노 신영배
434 눈사람 여관 이병률
435 하얀 별 김영산
436 또 하나의 지구가 필요할 때 박주택
437 수학자의 아침 김소연
438 서랍에 저녁을 넣어 두었다 한 강
439 고단 윤병무
440 칠 일이 지나고 오늘 이성미
441 슬픔의 뼈대 곽효환
442 말들이 돌아오는 시간 나희덕
443 레슬링 질 수밖에 없는 채호기
444 네모 이준규
445 고래와 수증기 김경주
446 syzygy 신해욱
447 멍게 성윤석
448 차가운 사탕들 이영주
449 양들의 사회학 김지녀
450 마치 이수명
451 식물의 밤 박진성
452 당신이 어두운 세수를 할 때 김 근
453 글로리홀 김 현
454 히스테리아 김이듬
455 에코의 초상 김행숙

456 밤의 입국 심사 김경미
457 침묵의 결 이태수
458 수평을 가리키다 위선환
459 땅을 여는 꽃들 김형영
460 왜냐하면 우리는 우리를 모르고 이제니
461 햇빛 박지혜
462 화류 정 영
463 말뚝에 묶인 피아노 서영처
464 철과 오크 송승언
465 비 원구식
466 그림자에 불타다 정현종
467 마흔두 개의 초록 마종기
468 다정 배용제
469 채식주의자의 식탁 이기성
470 연애 간 이하석
471 푸른빛의 비망록 장영수
472 아이를 낳았지 나 갖고는 부족할까 봐 임승유
473 검은색 송재학
474 ㅅㅜㅍ 김소형
475 세상의 모든 비밀 이민하
476 오른손이 아픈 날 김광규
477 잘 모르는 사이 박성준
478 오십 미터 허 연
479 분홍 나막신 송찬호
480 피어라 돼지 김혜순
481 가능세계 백은선
482 인간이 버린 사랑 이이체
483 녹턴 김선우
484 마지막 사랑 노래 문충성
485 빈 배처럼 텅 비어 최승자
486 영원이 아니라서 가능한 이장욱
487 질은 백야 이윤학
488 유에서 유 오 은
489 어떻게든 이별 류 근
490 누구도 기억하지 않는 역에서 허수경

491	뜻밖의 바닐라	이혜미
492	못다 한 사랑이 너무 많아서	황인숙
493	연옥의 봄	황동규
494	여수	서효인
495	괴괴한 날씨와 착한 사람들	임솔아
496	새벽에 생각하다	천양희
497	그 숲에서 당신을 만날까	신영배
498	동네에서 제일 싼 프랑스	서정학
499	오늘은 잘 모르겠어	심보선
500	내가 그대를 불렀기 때문에	오생근·조연정 엮음